Lettres de l'intérieur

John Marsden

Lettres de l'intérieur

Traduit de l'australien par
Valérie Dayre

Médium
11, rue de Sèvres, Paris 6e

Remerciements

Merci pour les idées, les anecdotes et les articles à Daniel Barrington-Higgs, Kyla Davies, Marta Dusseldorp, Damien Morris, Damien Nevins, Richard Wardill, Michele Williams.

Remerciements particuliers à mon « consultant en langage » le légendaire Sam Armytage.

Titre original : « Letters from the Inside »
(Macmillan Publishers Ltd, Londres)
Loi n° 49.956 du 16 juillet 1949 sur les publications
destinées à la jeunesse : mars 1998
Dépôt légal : février 2007
Imprimé en France par Bussière à Saint-Amand-Montrond
N° d'édit. : 8310. — N° d'impr. : 070393/1.

ISBN 978-2-211-04299-4

Pour Mary Edmonston

11 février

Chère Tracey,

Pour être franche, je ne sais pas pourquoi je réponds à ton annonce. Les correspondants, ce n'est pas mon genre, mais c'est un dimanche rasoir, il pleut, tout le monde est sorti, et je me suis dit que ça changerait.

Bon, que te dire maintenant? Je sais ce que je ne te dirai pas, mon signe astrologique, mon groupe préféré, ce que j'aime manger, les histoires sur ma sœur, mon frère, et tout la tralala habituel. Si c'est ce que tu cherches, inutile de répondre à cette lettre, d'accord? Ce n'est pas mon truc.

Je vais plutôt te raconter ce qui me vient à l'esprit, par exemple... euh...

1. La dernière fois que j'ai pleuré, c'était devant un vieux film qui s'appelle *Qu'elle était verte ma vallée*, en noir et blanc, à deux heures et demie du matin lundi dernier sur Channel 7. J'étais à ramasser à la petite cuillère.

2. En ce moment j'ai 78,31$ à la banque, 12,60$ sur moi, ma sœur me doit 5$ et une copine de classe, Rebecca Slater, m'en doit 6. Total: presque 102$.

3. J'adorerais avoir un tatouage, à un endroit où personne ne le verrait, et qui représenterait un crapaud parce qu'ils sont trop mignons, mais je n'ai pas le cran de le faire.

4. J'ai un chien, du moins il y a un chien qui vit avec nous. Je ne crois pas qu'on puisse posséder un animal. Il n'a pas de nom, ce qui rend tout le monde dingue. Pas que je sois contre les noms, même si je n'aime pas beaucoup ça. C'est plutôt que je n'arrive pas à lui en trouver un. Donc tout le monde lui donne des noms différents, comme Toby (ma sœur), Oignon (ma copine Cheryl), Mick (mon père) et Crétin (mon frère).

Il n'a qu'un an. Il a été largué près du refuge SPA et c'est là qu'on l'a eu. Il est presque tout blanc, avec un peu de noir sur la tête. Je pense que c'est un mélange de colley écossais et d'une vingtaine d'autres trucs.

J'ai failli l'appeler Gilligan, mais ça ne sonne pas bien.

Y a-t-il des chiens ou d'autres bêtes qui vivent avec toi ?

Bon, je t'ai raconté quatre choses sur moi, quatre choses renversantes. Et beaucoup plus d'ailleurs. Et j'ai écrit une longue lettre. J'espère que tu répondras, après tout ce travail !

Salut !
Mandy

P.S. : Comment ça se fait que tu aies une boîte postale ? Je croyais que c'était réservé aux grosses entreprises.

18 février

Chère Mandy,

Merci d'avoir écrit. Tu écris si bien, beaucoup mieux que moi. J'ai mis l'annonce pour blaguer, genre est-ce que je suis cap', et ta réponse était la seule valable. J'en ai eu trois de types, des vrais tordus, assez marrants mais dégoûtants. Et deux de petits gamins. C'était quand même sympa de les recevoir.

Tu demandes si j'ai des animaux domestiques, pardon, si des animaux vivent avec nous. J'ai un cheval, deux chiens et un chat. Le cheval s'appelle Kizzy, les chiens Dillon et Matt et la chatte Katie. Tu vois, ils ont tous des noms. Pourquoi tu n'aimes pas les noms ?

Tu demandes aussi pourquoi j'ai mis une boîte postale comme adresse. C'est que c'est l'entreprise de mon père. Il a une société de transport routier, avec des tas de semi-remorques. Ils font surtout du longue-distance.

Moi, je suis en seconde mais je hais l'école. La seule matière qui me plaît, c'est littérature. Je fais quand même beaucoup de sport, et je suis assez bonne au basket et au saut en hauteur. (Je suis plutôt grande, tu devines.)

Je ne sais pas quoi te dire d'autre. Mais j'espère que tu écriras encore. Ce serait drôle de s'envoyer des lettres sans jamais se rencontrer. Prescott est très loin d'Acacia Park. Je ne suis jamais allée à Acacia Park ni nulle part dans ce coin. Est-ce que quelqu'un lit ton courrier ou bien je peux écrire tout ce que je veux?

Réponds, s'il te plaît.

Tracey

26 février

Chère Tracey,

Que veux-tu dire, si quelqu'un lit mon courrier? Tu plaisantes sans doute. Qu'ils essaient et je leur crève les yeux.

Disons que mon frère le ferait s'il pouvait, ou s'il y pensait. C'est quand même sans danger parce qu'il sait à peine lire, donc pas de problème.

C'était assez excitant de recevoir ta lettre. J'en reçois à peu près une par mois. Ma grand-mère m'écrit de temps en temps, ainsi qu'une fille, Jacinta, que j'ai rencontrée dans un stage d'écriture, et un garçon qui est en pension, un ami d'ami. Alors les lettres sont pour moi comme des tournesols au beau milieu de l'Alaska.

J'écris aussi beaucoup de lettres pour Amnesty

mais ces types-là ne répondent pas souvent. Drôle, la blague.

G.D.Y. est-il le seul magazine où tu as passé ton annonce ? Lis-tu *G.D.Y.* tous les mois ? Est-ce la seule fois où tu y as mis une annonce ? J'aimerais voir les lettres que tu as reçues des vieux cochons, ou des jeunes cochons, je ne sais pas quel âge ils ont. Envoie-les-moi, d'ac ? Je continue à trouver comique de t'avoir écrit, mais ça me plaît bien. Je lis *G.D.Y.* presque tous les mois mais je suis beaucoup trop radine pour l'acheter : mon amie Cheryl Tsang le prend et je lis le sien.

Doit être temps que je te raconte quelques trucs sans intérêt sur ma petite personne. Je suis en seconde au lycée d'Acacia Park. J'ai quinze ans, j'en aurai seize le 19 octobre. J'ai une sœur qui s'appelle Katrina, elle est à la fac, en première année de lettres et c'est vraiment une nana bien, plus une amie que... et bla-bla-bla, et bla-bla-bla... tu connais le refrain.

J'ai aussi un frère, Steve. 17 ans.

Katrina ne vit plus à la maison. Elle est partie au début de l'année dernière, quand elle a été admise à l'université. Mais là elle a préféré repousser d'un an. Elle a été serveuse dans un restaurant hongrois presque la moitié de l'année, puis elle a voyagé à l'étranger pendant deux mois, puis elle est revenue et elle a travaillé dans des bistrots. Elle bosse encore dans un bar trois soirs par semaine. Ça s'appelle le Stripes and Stars*, à Sinden. Si tu as envie de t'éclater, vas-y n'importe quel mercredi, jeudi ou vendredi soir, demande Katrina, dis-lui que tu es une copine à moi, et tu auras au moins une bière gratis – sans avoir à présenter tes papiers ! C'est vraiment un avantage d'avoir une sœur dans un boulot comme ça, même si mes parents pensent le contraire – ça ne leur plaît pas qu'elle travaille là-bas.

Dis donc, ça fait encore une longue lettre. Je l'ai écrite au lieu de faire mes devoirs. Vaut mieux arrêter et me mettre enfin à la bio. Horreur, je viens de me rappeler qu'on a un contrôle de français demain ! Faut y aller.

Tchao,
Mandy

28 février

Chère Mandy,

Merci pour ta lettre. J'espère que ton contrôle de français s'est bien passé. Et merci pour le tuyau du Stripes and Stars. Sauf que je ne sais pas si j'irai. Mes parents sont assez stricts. Ils préfèrent encore qu'on fasse les choses ensemble.

* « La bannière étoilée »... nom donné parfois au drapeau des États-Unis.

Moi aussi j'ai une sœur aînée et un frère aîné. Ma sœur s'appelle Skye, mon frère Dean. Ma sœur a 22 ans, elle est coiffeuse, et mon frère qui a 20 ans fait ses études de médecine. J'aimerais bien être médecin. En fait, je voudrais être pédiatre, mais je ne sais pas si j'aurai d'assez bonnes notes.

Mes activités préférées, à part le sport, c'est le ski nautique et le cheval. Et faire les magasins. Et la bringue. J'aime les fêtes, les bistrots, les boîtes, tout. Et, te marre pas, mais j'aime aussi la poésie. La lire et même l'écrire. Je ne suis pas très forte, mais j'aime.

Oui, je lis *G.D.Y.* assez souvent. Mais c'est la seule fois où j'ai mis une annonce dedans. Je sais que ces magazines sont plutôt tartes. Mais il y a quelquefois des bons trucs. J'aime les lettres et les pages santé ! Les petites annonces aussi, et quelques-uns des articles.

Tu aimes Dust and Ashes* ? Moi oui. Le mois passé, il y avait un article sur eux dans *G.D.Y.* Tu connais le batteur, Roy Lugarno ? Ils disaient que c'était un gosse des rues qui s'est retrouvé à Ruxton à quinze ans pour avoir piqué des bagnoles. Il s'en est bien sorti, hein ? On n'imagine pas qu'un type devienne une star après deux ans de prison.

Tu as l'air de ne pas aimer beaucoup ton frère.

* « Poussières et cendres ».

Qu'est-ce qui cloche chez lui ? Mon frère à moi est super. Je peux parler de tout avec lui et il est vraiment calé pour résoudre tes problèmes. Beaucoup de filles ici ne s'entendent pas avec leurs frères, je dois avoir de la chance.

Bon, comme je n'ai plus rien à t'écrire d'intéressant, je vais arrêter là. Mais réponds-moi, s'il te plaît.

Salut,
Tracey

10 mars

Chère Trace,

Pas reçu ta lettre avant aujourd'hui, alors que tu l'as datée du 28 février. Qu'est-ce que tu as fait, tu l'as expédiée par canot pneumatique ? Aucune importance, je réponds illico, comme ça tu sauras que je suis encore en vie.

Tout est plutôt calme en ce moment. J'ai quelques profs assez cool cette année, en tout cas en anglais et en histoire. En maths et français on a des masses de boulot, et en bio pas mal. J'essaie de trouver un moyen de gagner de l'argent. Tu as une idée ? Je m'en suis fait un peu pendant les vacances, en travaillant le vendredi soir et le samedi matin au supermarché, puis je fais beaucoup de baby-sitting, mais ouille, je dépense le fric aussi vite que je le gagne. Cheryl, Rebecca et moi on va au concert de Power without Glory* samedi en huit ; en plus j'ai acheté leur nouveau CD hier, *Confessions*, ce qui fait en tout cinquante dollars, juste pour Power without Glory. J'espère qu'ils m'en seront reconnaissants.

Que se passe-t-il d'autre dans ma vie palpitante ? Au fait, j'ai eu 56 % de bon à mon évaluation de français, autant dire que c'est une plantade vu que presque tous les autres ont eu dans les 70 ou encore mieux.

Je te passe Cheryl :

Salut Tracey !

Mandy m'a raconté comment elle a commencé à t'écrire et comment tu lui as répondu ! Je trouve ça génial ! J'adore recevoir des lettres ! Vas-tu au lycée de Prescott ? Je n'ai jamais mis les pieds là-bas. Comment va ta vie amoureuse ? Arrange-toi pour que Mandy te parle de Paul ! Il la trouve sympathique, mais elle, elle n'arrive pas à se décider. Conseille-lui de sortir avec lui, O.K. ? À la prochaine !

Cheryl Tsang

Ne fais pas attention à tout ce qu'il y a au-dessus – Cheryl est en pleine ménopause, genre. Paul, c'est Paul Bazzani. Il est sympa mais je ne sais pas si je lui plais. Cheryl a des vues sur le frère de Paul, Mick, qui est en terminale – c'est la vraie

* « Pouvoir sans gloire ».

raison pour laquelle elle veut que je sorte avec Paul.

Tu m'as questionnée sur mon frère... Disons qu'il est craignos. Un peu inquiétant, je veux dire. C'est moche en ce moment, entre Katrina qui ne vit plus avec nous, et mes parents qui travaillent jour et nuit, nuit et jour. Je me retrouve toute seule à la maison avec mon frangin plus souvent que j'en aurais envie.

Oh, pas la peine d'en parler. On est à la bibliothèque – encore un cours cool. À chaque cours de géo, le prof, Mr Prideaux, soit il nous passe une vidéo, soit on a droit à la bibliothèque. Hier, on a vu trois films – en anglais, en géographie et en arts plastiques. Ce serait peut-être aussi bien de rester chez nous et de regarder la télé.

Je dois y aller, tout le monde range ses affaires. À bientôt!

Mandy

13 mars

Chère Mandy,

Désolée que mes lettres mettent si longtemps à t'arriver. Je suis du genre à oublier de les poster.

Je viens d'aller me promener à cheval. C'est une bête tellement sympa, avec des yeux tellement confiants. Il vient à la barrière chaque fois qu'il me voit et il me mordille la chemise pendant que je le caresse et que je le gratte. Mais quand même, il est en train de devenir un peu gros, alors je lui ai fait faire une longue sortie pour qu'il se dépense.

Le week-end, mes parents m'emmènent à des gymkhanas. Ça leur plaît d'y aller et ils sont fiers de moi parce que j'ai remporté quelques médailles et des trophées. C'est dur, mais ça vaut le coup. J'adorerais participer aux jeux Olympiques ou un truc comme ça.

Comment ça va avec Paul? Il doit être sympa... je pense que tu devrais foncer! Moi je suis avec mon copain depuis trois mois – il s'appelle Casey Winter – il est beau à tomber raide et vraiment gentil et tendre mais je ne sais pas si je dois faire durer encore longtemps. Trois mois, c'est sacrément long! Je n'ai pas envie que ça devienne trop sérieux, même si lui si.

Je ne sais pas quoi te suggérer pour gagner des sous. Mes parents me donnent plein d'argent de poche, en plus ils payent mes fringues et tout le reste – mon père veut que je sois mignonne. Alors je n'ai pas besoin de beaucoup d'argent.

Je me pose encore des questions sur ton frère. Pourquoi il est inquiétant? Qu'est-ce qu'il fait? Il essaye de te faire des vacheries ou je ne sais pas quoi?

Pas de chance pour ton français, sauf que moi

je dirais que 56% c'est pas mal. Mieux que ce que j'aurai jamais.

Bon, Maman vient d'appeler parce que le dîner est prêt, je vais y aller. Super ce soir, elle a fait du poulet à l'hawaïenne, mon plat préféré. Et elle n'aime pas qu'on soit en retard.

Bye!

Tracey

P.S.: Dis «salut» à Cheryl pour moi, et merci pour son mot.

17 mars

Chère Trace,

Ma parole, ta vie a l'air parfaite. Famille géniale, petit copain génial, des tonnes de thunes. Je suis jalouse! On échange?

À quel lycée vas-tu, au fait? Dans une lettre tu as dit quelque chose qui m'a fait penser que tu étais en pension. Mais sans doute que non, ou alors tu en aurais parlé. Et que fais-tu à Pâques? Un petit saut à New York, pour quelques jours?! Ce serait marrant si tu venais par ici et qu'on se rencontre! Je me demande si on finira par se voir un jour.

Je t'écris cette lettre à onze heures du soir – enfin, presque minuit maintenant – devant la télé, en me goinfrant de gâteaux, de chips et de raisin.

Pour tout te dire, j'aurais dû faire la bringue ce

soir mais ça n'a pas tourné comme prévu, grâce au charmant Paul Bazzani. Résultat: une soirée carrément nulle. Je t'explique: je devais aller à une fête avec Paul, chez Marco Tanimides. Tout baigne, on arrive là-bas impec (Paul nous paie le taxi), mais ça sentait déjà un peu le coup monté. Il y avait seulement huit personnes et je ne les connaissais pas. Enfin si, si on veut, ils étaient tous du bahut, mais pas des gens avec qui j'ai l'habitude d'aller. Certains, je ne savais même pas leur nom. Ils étaient déjà bien jetés quand on est arrivés, partis dans un peu tout, avec des préservatifs qui circulaient et les gens qui disparaissaient dans les buissons du jardin. Je ne connais pas bien Paul, genre c'était la première fois que j'allais quelque part avec lui. Un piège, à coup sûr.

Bref, sans entrer dans les détails scabreux, ça s'est terminé par Paul qui m'a traitée de frigide et tout, et moi qui rentre à la maison à pied, au moins cent bornes à me taper toute seule. Je te garantis, j'avais la trouille. Ça craint assez les environs d'Acacia Park un samedi soir. Et histoire de rendre les choses pires, je savais qu'il n'y avait personne à la maison.

Bon, j'ai survécu. Mais je suis tellement furax. Je croyais que Paul était bien. Attends que je mette la main sur Marco lundi, et je le tue. D'ailleurs, je crois que je vais lui téléphoner demain.

Je me demande ce que tu fais en ce moment. Tu dois être à un spectacle de danse ou au théâtre, ou à l'opéra ! Désolée de t'ennuyer avec mes histoires. C'est mon humeur du moment. La faute à Paul. De toute façon, je n'ai plus le courage d'écrire, je crois que je vais aller au lit et je reprendrai plus tard.

Samedi prochain : concert de Power without Glory ! Espérons que ce sera mieux que ce week-end. Au moins ça me fait quelque chose à attendre, du plaisir d'avance. Écris-moi une belle lettre, histoire d'éclairer ma semaine. O.K. ?

Fais de beaux rêves,

Mandy

20 mars

Chère Mandy,

Je ne sais pas ce que j'ai dit qui t'a fait penser à une pension. Sûrement que je rêvassais. Est-ce que ça t'arrive des fois ? D'écrire des choses complètement fausses ou de travers quand tu es à moitié endormie ou que tu penses à autre chose ? Ça m'arrive tout le temps. Ou alors, simplement tu m'as mal comprise. Le problème c'est que je ne me rappelle pas ce que j'ai dit.

En tout cas, je vais au lycée de Prescott, mais il n'y a pas beaucoup de gens qui me connaissent là-bas parce que je suis quelqu'un de très tranquille.

Tu m'as l'air d'avoir décroché le pompon pour ton week-end. Qu'est-ce qui s'est passé depuis? Paul a sûrement voulu te monter un bateau. À quoi il ressemble? Tu ferais bien de te méfier de lui!

Casey et moi on est allés à une fête aussi, à Ruyton Heads. Un de ses copains a une maison sur la plage que ses parents lui ont laissée pour le week-end. Une sacrée fiesta! Le délire! Mais je peux faire confiance à Casey.

Je me suis quand même un peu fichue en l'air. Il y avait des alcools, du gin tonic, et je crois que j'en ai bu trop sans m'en rendre compte. J'ai fini dans un état cata et j'ai été malade tout le dimanche. C'était sympa, quand même.

Mais ma vie n'est pas aussi parfaite que tu le crois.

Comment va ton chien? Lui as-tu trouvé enfin un nom? Tu pourrais l'appeler Roy, comme Roy Lugarno de Dust and Ashes. Ou lui donner un nom si ringard et évident que c'est drôle, genre Rex ou Lassie. J'aimais bien *Harry le sale chien*. Tu as lu ce livre? Je me demande pourquoi je n'ai pas appelé mon chien Harry.

Samedi prochain, pendant que tu t'éclateras au concert de Power without Glory, j'ai un match de basket important. Si on gagne, on se retrouve deuxièmes en catégorie cadets et en route pour la grande finale. Si on perd, on sera sans doute que quatrièmes ou cinquièmes – tout dépend des résultats des autres. Donc, cette semaine, entraînement intensif. C'est quand même un jeu sympa, le basket – j'aime bien. Aujourd'hui on a travaillé les passes directes et avec rebonds, et on a mis au point des nouvelles situations d'appel de balle. Le blème, c'est Mrs Strauss, notre entraîneur. À mon avis, elle en sait autant que certaines filles de l'équipe. Et elle essaye de se faire bien voir en nous faisant des séances tranquillo, mais presque toutes on préférerait se défoncer à mort...

Rien de bien grave, je m'emballe. J'espère que la vie va comme tu veux, et que tu as réglé ça avec Paul et Marco.

Bye,
Trace

27 mars

Chère Trace,

Il y en a un peu ras le bol de commencer les lettres comme ça – je trouverai quelque chose de mieux la prochaine fois, promis. De toute façon, j'en ai ras le bol de tout en ce moment. Vivement les vacances, même si on ne va rien faire de spécial ni aller nulle part. Tant pis. Au moins le concert de Power without Glory était bon. Plus que bon. Ça déménageait un maximum. Un grand grand concert. Je n'y suis allée avec personne, aucun garçon je veux dire, juste Cheryl et Rebecca, mais j'aime autant. C'est les Sisters of Rock qui ont joué en première partie, et je les aime bien aussi.

Phil Nuffield est stupéfiant. Il n'arrêtait pas de sauter de la scène dans le public, et de revenir sur scène, tout en continuant à chanter avec sa façon si déchirante. Comme ils ont été bissés quatre fois, ça s'est terminé tard. Ces rappels sont vraiment casse-pieds – les groupes savent qu'ils vont rejouer, ils ont répété les morceaux et tout, le public sait qu'ils vont jouer les bis – mais il faut quand même en passer par ce rituel imbécile de frapper dans ses mains jusqu'à ce qu'elles te brûlent. C'est tellement bidon.

Enfin, je suis égoïste, tu as eu ton match de basket crucial samedi. Vous en êtes-vous sorties? Avez-vous gagné? J'espère que oui. J'y ai pensé plusieurs fois pendant la soirée et j'ai croisé les doigts pour toi – peut-être au moment pile où tu mettais la balle dans le panier adverse.

Tu sais – ne le prends pas mal –, mais c'est une des premières fois depuis qu'on s'écrit que tu t'es un peu laissée aller, comme si c'était «la vraie toi», ou appelle ça comme tu veux.

Tu parais timide, renfermée. Es-tu comme ça dans la vraie vie? J'ai toujours un tas de questions a te poser mais c'est difficile quand on est si éloignées. Par exemple, qui sont tes amis (à part Casey) ? À quoi ressembles-tu ? Envoie-moi une photo. Crois-tu en Dieu ? Est-ce que tu touches à la drogue ? Est-ce que tu fumes ? T'entends-tu bien avec tout le monde dans ta famille ? Es-tu supporter d'une équipe de foot ? Es-tu une tête en classe ? Quel genre de blagues te fait rire ? Quel genre d'habits portes-tu ? Houlà, maintenant que j'ai commencé, je pourrais continuer toute la nuit. Une chance que je n'aie pas à répondre moi-même à ces questions. Es-tu déjà allée quelque part en voyage ?

Excuse si j'exagère ! De toute façon, tu n'es pas obligée de répondre.

Ah oui, j'allais te raconter à propos de Paul et de Marco. Un vrai scénario de sitcom. N'empêche que je m'en suis bien tirée ! J'ai mené ça de main de maître ! Jamais je n'avais été aussi dure ! J'ai téléphoné à Marco dimanche soir et je lui ai envoyé son paquet. Le pauvre, il n'a pas compris ce qui lui tombait dessus. Il faut dire que j'avais eu toute la journée (et une bonne partie de la nuit de samedi) pour réfléchir à ce que j'allais lui dire. En tout cas, j'avais raison : il a reconnu à mi-mot que Paul lui avait demandé d'inviter quelques personnes et de donner cette « fête » parce qu'il voulait me sauter. Les salauds.

Enfin, lundi matin, je suis passée devant Paul

comme si j'étais le proviseur du lycée. Je l'ai traité comme une merde toute la journée, et lui, il a essayé de me parler plusieurs fois. Mais après les cours, je l'ai laissé venir, pour l'avoir face à face. Et pas le genre de face-à-face qu'il espérait samedi soir. Je lui ai dit que je lui avais fait confiance, que j'avais cru qu'il était réglo, et que j'avais sacrément changé d'avis sur lui. Il est resté tout dégoulinant de culpabilité. Un peu plus, et il se mettait à ramper. On s'est séparés presque en copains pour finir. Tu sais, ce n'est pas trop grave – c'est un type correct mais il zone avec d'autres vraiment losers.

Tout ça s'est passé hier, même si ça a l'air déjà loin. Aujourd'hui, c'était bien. Paul a été super-sympa toute la journée et Marco m'a évitée. Le plus fort, c'est que je suis fière de moi, de leur avoir dit leurs quatre vérités!

Bonne chance pour les finales, si tu les joues!

Amitiés,

Mandy

29 mars

Chère Mandy,

Merci pour ta lettre. Je ne sais pas comment te répondre certaines fois. Quoi te dire. Tu m'écris que j'ai l'air calme et renfermée. Peut-être que oui. Toi, tu as l'air sûre de toi. Tu es comme ça dans la vraie vie? C'était bien, la façon dont tu as réagi avec ces mecs.

Il me semble que si on se rencontrait, on ne serait même pas copines. Si on allait au même lycée, par exemple.

Le match de basket s'est terminé sur un score de 54-50. Il nous est déjà arrivé de mieux jouer, mais enfin on a gagné. Après-demain, c'est la première finale – si on la remporte on va tout droit en grande finale. J'angoisse déjà, pour ne rien te cacher. On joue contre les Chieftains, une équipe qui nous a battues deux fois cette saison. La dernière fois, elles nous ont écrasées mais il faut dire qu'on n'avait jamais si mal joué. (Notre meilleure joueuse était partie subitement et on était un peu larguées.)

On a eu entraînement cet après-midi – j'en sors tout juste, j'ai pris une douche et je me suis mise à cette lettre. Pour une fois c'était un vrai entraînement. Dur. C'est notre capitaine, Kylie Patrick, qui l'a mené, et Mrs Strauss l'a laissée faire. De toute façon, Kylie en sait plus sur le basket que Mrs Strauss. Alors c'était bien. Je préfère quand on en bave, même si pendant ce temps-là tu penses «je déteste le basket. Vivement que ce soit fini».

Je reviens à ta lettre. Je ne sais trop quoi penser quand tu parles de «la vraie moi». Je croyais que j'écrivais sur la vraie moi. Mais je vais essayer de répondre à tes questions.

À quoi je ressemble? Bon, je suis grande (1,76m), et je me trouve trop grosse, mais tout le monde dit que j'ai juste tendance à être anorexique. Quelquefois j'aimerais vraiment faire de l'anorexie (sauf que j'ai vu des filles qui en faisaient et c'est limite). Je suis blonde, avec les cheveux longs en ce moment, j'ai les yeux bleus, la peau claire (qui crame facile), et j'ai déjà signé mon premier contrat de mannequin – tout comme.

Je ne crois pas en Dieu, absolument pas.

Je ne touche pas à la came, je ne fume pas, je ne bois pas et je-ne-parle-pas-aux-messieurs-inconnus... Bon, en fait je descends une ou deux canettes de bière de temps en temps et ça ne me ferait rien de parler avec des inconnus si je pouvais en rencontrer.

Je m'entends bien avec tout le monde dans la famille – nous sommes proches, je te l'ai déjà dit. Je peux parler de tout avec mes parents et ils sont très fiers de nous. Il y a tant de gosses qui ont des parents divorcés, mais les miens sont mariés depuis vingt-cinq ans, et ils ne se disputent jamais ni rien.

Je ne m'intéresse pas beaucoup au foot mais je suis pour les Norths. (Surtout à cause de Sam Marcroftsis, il est si mignon. Il me fait penser à mon frère.)

Je ne suis pas une tête en classe mais je me débrouille.

Quel genre de blagues me fait rire? Tiens, voilà la dernière:

– Comment appelles-tu un vol sans ailes?

– Un veau.

Drôle, hein? Ah bon, je croyais.

Quels habits est-ce que je porte? Je n'aime pas me fringuer trop chic, même si mon père aime bien. Il veut toujours que je mette des jupes très chères et tout ça, mais je suis mieux en jean et sweat-shirt. Je porte pas mal de bijoux. En fait, je crois que j'aime certains trucs de luxe.

Et pour ta dernière question: nous sommes allés à l'étranger, à Disneyland, Hawaii et Londres, quand j'étais petite, mais je ne m'en souviens pas vraiment.

À moi de te poser quelques questions, maintenant. Que fais-tu avec tes amis? Comment est ta chambre? L'as-tu pour toi toute seule ou dois-tu la partager? À quoi ressembles-tu? Envoie-moi une photo. (Désolée, je n'en ai aucune de moi qui me plaise.) Pourquoi ton frère est-il inquiétant? (Tu ne réponds jamais à ça.) Est-ce que tes parents sont sévères? Crois-tu en Dieu?

Tu vois, je te renvoie la balle.

Je suis tellement énervée ce soir. Sans doute à cause du basket. J'en peux plus de cet endroit, de passer mon temps à me battre et à m'attirer des ennuis, suis incapable de travailler. Si Casey pouvait être là pour me prendre dans ses bras, me serrer et me caresser le dos ! J'adore ce type. Mais il a entraînement ce soir – il a la super-forme. Je ferais mieux de mettre de la musique : ce sera Nicotine Monsters, je crois. Pour aller avec mon humeur.

Souhaite-moi bonne chance ! À bientôt !

Tracey

31 mars

Mandy !

ON A GAGNÉ ! Je n'arrive pas à y croire ! Par sept points ! Je suis tellement excitée qu'il fallait que je le dise à quelqu'un, et tu tombes pile. Faut que tu saches que personne, absolument personne, ne bat les Chieftains. J'ai bien joué aussi – seize points, deuxième en nombre de paniers, et quelques bons rebonds. J'ai été exclue à deux minutes de la fin mais qu'est-ce que ça fait ? C'est tellement génial – j'espère qu'on va garder la tête froide jusqu'à la grande finale.

Bon, faut aller se coucher. Mais c'est tellement super, je voulais te le dire. Bise.

Trace

3 avril

Chère Trace,

Bravo, championne ! Fantastique ! Je suis émerveillée. Félicitations. Je n'ai jamais rien fait de pareil dans ma vie. Alors, à quand le grand jour? Je parie que tu es remontée à bloc. Tu fais partie d'une équipe de choc. Il faudrait prévenir Mrs Strauss qu'elle va devoir passer à la vitesse supérieure.

J'adore le basket – le regarder, je veux dire. J'ai assisté à deux matches et c'était super – une ambiance terrible. Et parfois je le regarde à la télé. J'adore surtout les joueurs américains. J'aimerais être grande, noire et relax. Au lieu de ça, je suis courte sur pattes, rose-bronzée et pas assez cool.

As-tu fini de fêter la victoire? Je me demande si tu vas jouer contre les Chieftains à la grande finale. Si oui, tu devrais avoir confiance.

Je viens de passer deux jours agréables, ce qui fait bien démarrer la semaine. Katrina est revenue pour le week-end, et elle est restée jusqu'à hier soir (je crois qu'elle a séché quelques cours). C'est tellement bien quand elle est à la maison: tout va beaucoup mieux. En plus, j'ai eu 78% à une évaluation de maths, ce qui est exceptionnel pour moi, surtout que le contrôle portait sur les paraboles, et que je déteste ça, les paraboles. Je n'en vois pas l'utilité.

Tu m'as bien eue avec tes questions. Très bonnes questions, comme dit l'autre... Elles m'ont fait réfléchir. Pour certaines la réponse n'est pas évidente, comme «qu'est-ce que je fais avec mes amies?» Eh bien, on fait les trucs habituels : tchatcher (médire !), lécher les vitrines, aller au ciné, observer les mecs, se parler au téléphone, écouter de la musique. Et même, de temps en temps, nous faisons nos devoirs. Cheryl Tsang, qui t'avait écrit un petit mot, habite tout près de chez moi, Rebecca Slater trois rues plus loin, et Maria Kagiasis en face de chez Rebecca. Elles sont mes trois meilleures copines.

Nous faisons aussi un peu de sport. Maria, Rebecca et moi sommes dans la même équipe de softball* qui a pour nom Mum's Army – l'Armée de Maman car c'est la mère de Maria qui nous entraîne. Nos performances restent assez confidentielles – on ne casse pas des briques. Maria a quand même le coup de batte efficace.

Passons à la question suivante. Ma chambre est dans un bazar total, maintenant et à jamais. Il y a un lit, mais en dehors de ça pas grand-chose d'exceptionnel. Des vêtements partout, appartenant plus souvent à Cheryl ou à ma sœur qu'à moi. Cependant, si elle devait un jour être rangée (ce qui demande un gros, gros effort d'imagination), tu verrais : un lit recouvert d'un dessus-de-lit molletonné dont les motifs représentent des moutons jouant dans un enclos dans des postures craquantes ; un bureau sous la fenêtre, encombré de

* Genre de base-ball, joué sur un terrain plus petit avec une balle plus grosse et plus molle.

livres; une série d'étagères avec encore des livres, des bibelots et des jouets; une coiffeuse avec encore des bibelots ainsi que des photos de famille et d'école; enfin, une penderie encastrée avec des posters sur les portes (principalement de Power without Glory, inutile de préciser).

Les rideaux sont en dentelle blanche ancienne, ils viennent de chez ma grand-mère. Quelques cadres sont accrochés au mur: une photo de mes grands-parents posant debout près de leur toute première voiture; une reproduction d'un tableau de Picasso, *Science et Charité*; une autre d'un certain Christopher Pratt, représentant l'océan. Je les ai choisies moi-même.

Pour mon frère, je t'en parlerai une autre fois, quand je ne serai pas d'aussi bonne humeur. Je ne veux pas gâcher cette lettre.

Bon, les deux dernières questions. Pour la première, mes parents ne sont pas trop mal. Sévères sur certaines choses, l'argent par exemple, mais Katrina les a assouplis en ce qui concerne les problèmes importants, comme les fêtes et le couvre-feu – ou le rangement des chambres. Ils travaillent beaucoup, alors ils ne sont pas aussi souvent à la maison que d'autres parents. Souvent ils rentrent tard.

Et oui, je crois en Dieu, mais pas de la façon dont les Églises parlent de Lui – ou d'Elle. Je crois à l'existence de quelque chose, une force, une présence. L'an dernier, le cours d'instruction religieuse était fait par un type qui nous a raconté qu'il était athée avant. Un jour, un ami l'a emmené au sommet d'une montagne au pays de Galles et lui a désigné la vue en disant: «Maintenant, dis-moi que Dieu n'existe pas.» Et le type est tombé à genoux, il était converti. Je crois que je suis un peu pareille. Je ne peux pas regarder un coucher de soleil, ou le ciel la nuit, ou mon chien, ou une pizza Suprême et ne pas croire en Dieu.

Ouf, je suis éreintée par cette lettre. Mais comment se fait-il qu'il soit si facile de t'écrire une longue lettre et si difficile de pondre une petite dissertation d'anglais? Dieu seul le sait. Quoique je me demande si Il/Elle le sait. Enfin, bonne chance pour le grand jour, entraîne-toi bien: ne fume pas, ne bois pas ni rien... à la prochaine...

Bise,
Mandy

6 avril

Chère Mandy,

Merci pour ta lettre. Si je m'endors avant d'avoir fini ce paragraphe, j'espère que tu me pardonneras. Entre l'entraînement, le travail scolaire et tout le reste, je suis nase. Mais ta lettre m'a plu. Je savais que tu comprendrais ce qu'est le basket pour moi.

Je n'ai rien de plus à écrire, alors ça va être court. Mon frère Dean était là ce week-end, il est venu au match, et après il a emmené toute l'équipe au McDo. On a passé un moment super. C'était vraiment sympa de sa part. Il est reparti à la fac hier.

Prochain vendredi : vendredi noir, le 13. La finale a lieu le lendemain. Espérons que ce n'est pas un mauvais présage.

Je vais faire des courses demain, surtout m'acheter un jean. J'en avais un très bien, très délavé, mais quand je suis allée à l'écurie hier je me suis accrochée à un clou et il s'est déchiré, tout le long de la jambe. C'est tellement bête. Je n'aurais pas dû le mettre pour aller nourrir les chevaux. Puis j'ai mal à la jambe, elle s'est ouverte assez profond, mais pas au point de devoir faire des points de suture.

Demain soir je vais à une fête avec Casey, chez un de ses amis. Une baraque immense, avec piscine, sauna et tout. Ça devrait être marrant. J'espère que Casey sera sage. Mais je lui pardonnerai s'il ne l'est pas.

Je suis trop fatiguée pour continuer. Bonne nuit !

Bisou,
Tracey

12 avril

Chère Trace,

Plus qu'une semaine de cours. Je n'en peux plus. Ce trimestre m'a paru durer une éternité. Et dans l'ensemble ce n'était pas terrible.

Je me sens tellement à plat! Trop de travail scolaire. La plupart des profs sont à la bourre sur le programme. Je n'arrive pas à suivre en français. Rebecca est en train de devenir une garce. Bref, c'est ma semaine, mon année, ma vie!

Rebecca a une dent contre moi en ce moment. Les coups en douce, tu n'imagines pas. Chaque fois que j'ouvre la bouche, elle se moque de moi, et je ne te raconte pas si j'ose faire une blague. C'est mille petits machins – du genre, si on a cours avec Helen et Cheryl, elle garde des places pour nous toutes, mais si j'ai cours toute seule avec elle, elle ne m'en garde pas. Elle m'exaspère. On est ensemble depuis l'école primaire et elle a toujours été lunatique.

Que fais-tu pour les vacances? Quelles activités fascinantes vas-tu organiser avec ta famille idéale? Pardon, je deviens comme Rebecca. Mais j'espère que tu te rends compte de la chance que tu as. D'ailleurs, je crois t'avoir déjà demandé pour les vacances, mais je ne crois pas que tu m'aies répondu.

J'ai rencontré une fille du lycée de Prescott

hier, mais elle ne te connaît pas. Anthea ou Athina, un nom comme ça. Elle est en première. Elle est grecque, en séjour linguistique, et ils avaient une réunion ici. Nous avons deux Grecs au lycée ; l'un est parfois en cours avec moi, il s'appelle Phil. Il a l'air sympa mais je n'ai pas eu l'occasion de parler beaucoup avec lui.

Puisque j'ai un tel bourdon, je devrais peut-être te répondre à propos de mon frère. J'ai différé parce que je ne veux pas empoisonner ces lettres, mais celle-ci est déjà bien cafardeuse. Donc... Steve. Par où commencer ? Sinistre Steve. Autant que je te prévienne, Trace, ce n'est pas facile. Quelque chose en moi voudrait ordonner à ma main de ne pas continuer à écrire. Je continue quand même, maintenant que j'ai commencé.

Voilà, Trace, le problème est que j'ai une trouille bleue de Steve. Une trouille bleue de mon propre frère – ce n'est pas très normal, n'est-ce pas ? Mais Steve est un mec violent. Je veux dire réellement violent, sérieusement violent. Il va encore au lycée, en terminale, sauf qu'à mon avis il n'en fiche pas une. Mais le pire : personne n'a l'air de se rendre compte à quel point il est grave, sauf moi. Ce n'est pas seulement qu'il a mauvais caractère, même si c'est vrai. Ce n'est pas seulement que sa chambre soit pleine de posters de Rambo, qu'il regarde des tas de films violents, qu'il s'habille en treillis américains, ou qu'il ait toutes sortes d'armes, comme deux vieux fusils de Grand-père, des nunchakus, des crans d'arrêt et plein d'autres couteaux. Ces choses-là en soi ne m'inquiéteraient pas, même si je pense qu'il faut être taré pour se passionner pour ça. Mais il y a plus. Quand Steve est en colère – et tu ne sais jamais ce qui risque de le mettre hors de lui, ça peut être une broutille – il ne sait réagir que violemment. Comme s'il ne connaissait pas d'autre façon. Il devient glacé – ses yeux sont morts, impossible de lui parler, son visage est livide et sa voix ressemble à celle d'un robot. Je ne sais pas s'il le fait pour jouer au dur, ou si c'est une part de lui qu'il ne contrôle pas, mais en tout cas je sais l'effet que ça a sur moi. Affreux.

Il m'a battue quelquefois. Pas au point de me faire un œil au beurre noir ou des fractures, mais il m'a fait mal. Il m'a tordu les doigts en arrière, tordu le bras dans le dos, mise à genoux, donné des coups de pied entre les jambes, toutes sortes de trucs. Et c'est toujours quand il n'y a personne dans les environs. Il est assez retors pour ça. J'ai tellement peur quand je sais qu'on va se retrouver tous les deux seuls à la maison. C'est une des raisons pour lesquelles j'ai détesté que Katrina s'en aille.

Quand j'essaie d'en parler à mes parents, ils écoutent à peine. On dirait qu'ils ne veulent pas voir. Pas savoir. Quand je me plains (et c'est dangereux de se plaindre quand Steve est dans les parages), ils me disent de ne pas le provoquer, de l'ignorer, tout simplement, que je dois exagérer, ou que Steve « traverse une période », quand ce n'est pas « les garçons sont comme ça ». À mon avis, il a un problème, mais comment en convaincre Maman et Papa ?

Katrina pense qu'il n'est pas si dangereux, parce qu'elle était plus grande et plus forte que lui, et il s'est toujours tenu à carreau avec elle. Je n'aime pas parler de ça avec mes amies, même si elles le trouvent très bizarre. D'ailleurs, personne n'a vraiment d'affection pour lui, il n'a pas de véritables amis, à part deux autres types largués qui sont dans le même trip Rambo. Mais ils ne sont pas aussi graves que lui. Ce que je n'arrive pas à comprendre, c'est comment les parents s'entêtent à ignorer ses bulletins. Le lycée lui a déjà collé plusieurs avertissements, et un renvoi provisoire l'an dernier pour brutalités. Tous les commentaires des profs et de l'administration disent qu'il a un caractère abominable et qu'il doit apprendre à se contrôler. Mais il n'a pas appris, et je doute qu'il le fasse.

Quand je lis des articles sur ces gars qui ont commis les tueries de Richmond Park ou le massacre de Harvey House, je me demande si ce n'est pas comme ça que finira mon frère. Pas bien gai, hein ?

Dis donc, ce doit être la plus longue lettre que

j'aie jamais écrite. J'espère que tu ne t'es pas endormie. Désolée que ce soit si déprimant. Enfin, maintenant tu sais pourquoi je pense que tu as de la chance. Ne gaspille pas ce que tu as, Trace, c'est précieux une famille comme la tienne.

Je vais me traîner jusqu'à mon lit. Il est minuit passé – je suis même trop crevée pour m'ouvrir les veines – ce sera pour demain.

À bientôt – plein de bises,

Mandy

15 avril

Chère Mandy,

Hier c'était le grand jour, et on a perdu. Bordel de merde, je déteste perdre. Je hais ça, je hais ça, je hais ça. On jouait encore contre les Chieftains et elles nous ont pulvérisées, 60-36. Mais ça a été un match sacrément rude. Elles s'en sont tirées à bon compte. Figure-toi que les arbitres nous détestent à mort, alors on jouait toujours contre sept. Je me suis fait exclure trois minutes dans la deuxième mi-temps, et je reconnais une des cinq fautes – les autres, du bidon, injustices flagrantes. J'enrage encore. Tu veux m'expliquer pourquoi c'est moi qu'on a virée alors que j'ai des bleus et des contusions de la tête aux pieds? Des conneries tout ça, des vraies conneries.

Les Chieftains étaient folles de joie après le match. J'aurais préféré que n'importe quelle équipe gagne la compète plutôt qu'elles. Elles étaient tellement regonflées après la demi-finale qu'on aurait cru jouer contre une équipe de foot.

On a quand même fait une fête après, mais tu imagines comme c'était sinistre. Maintenant, je regarde *Video super hits*. Je hais cette chanson *Lovers and Strangers**, pas toi ? J'ai vu le clip mille fois.

Tu parlais des vacances. Nous n'allons rien faire de particulier. Papa dit que nous avons fait trop de voyages récemment et que c'est bien de rester un peu en famille à la maison. Ça m'est égal.

Je ne connais pas la fille du lycée que tu as rencontrée. On ne se mélange pas beaucoup avec les premières. Puis de toute façon, je te l'ai dit, je ne me fais pas beaucoup remarquer, alors peu de gens me connaissent.

J'ai un contrôle d'histoire demain, il faut que je bosse.

Bye,
Tracey

* Amants et étrangers.

17 avril

Tracey, comment peux-tu ignorer ma lettre de cette façon ? D'accord, c'est moche pour ta finale de basket, mais je t'ai confié sur Steve des trucs que je n'ai jamais racontés à personne, et tu ne m'en dis pas un mot !

J'attendais ta lettre, et quand elle est arrivée tu n'y parlais que de ton foutu basket. Je me suis dit d'abord que tu n'avais peut-être pas eu la mienne, mais puisque tu fais allusion à la Grecque qui est dans ton lycée, tu dois l'avoir reçue.

Amitié (mais égratignée),

Mandy

20 avril

Chère Mandy,

Je regrette pour ta lettre et ton frère et tout. Je savais que tu serais écœurée. Mais je ne savais pas quoi dire. Je ne sais toujours pas quoi dire.

Quand j'ai passé mon annonce, et que tu as répondu, j'ai cru que tu étais quelqu'un de tellement drôle et plein d'entrain, un peu désinvolte, insouciante. Tout ce que je ne suis pas. Ce que tu disais de temps en temps sur ton frère, qu'il était craignos, en fait j'avais cru qu'il était feignant ou égoïste ou attardé ou qu'il déconnait quelquefois. Je n'imaginais pas qu'il y avait quelque chose de sérieux. Puis ta lettre est arrivée et je l'ai lue. Ça m'a flanqué la nausée. «Merde, je me suis dit, elle a des problèmes comme tout le monde.» Je crois que j'aurais préféré ne pas le savoir.

Ce que je ne comprends pas, c'est comment ça se fait que tu aies pu remettre à leur place deux mecs qui ont voulu te jouer un sale tour, Paul et l'autre, comment ça se fait que tu aies eu le cran de leur lâcher leur paquet, et que tu laisses ton frère te terroriser? Je te croyais drôlement forte à cause de ta réaction avec Paul. Ça me dépasse.

Je suppose que tu es en vacances en ce moment. Je t'ai déjà dit que nous n'allons nulle part, et toi? J'espère que tu n'as pas décarré, ou tu n'auras pas cette lettre avant un moment. Pas qu'elle vaille d'être lue, remarque.

Pardon,
Tracey

26 avril

Chère Trace,

Déjà, merci d'avoir répondu. Je ne t'en veux pas d'avoir été chamboulée – moi aussi je m'embrouille parfois.

Peut-être je n'aurais pas dû t'écrire tout ça. Mais il fallait que j'en parle à quelqu'un. Et nos lettres, c'est marrant, elles sont différentes. Un genre d'amitié différent. D'un côté, j'espère qu'on ne se rencontrera jamais – ça risquerait de tout gâcher. Ces lettres sont un peu comme un journal, et j'y écris des choses différentes de ce que je dis aux gens que je vois tous les jours. Alors si on se rencontre, ou quand nous nous rencontrerons, il me semble qu'il faudra entamer un autre type d'amitié, une autre relation que celle que nous avons déjà. Comme de recommencer à zéro quand on a déjà vécu cent ans. Je ne sais pas comment ça peut marcher.

Je ne sais pas si je suis drôle et pleine d'entrain, comme tu dis, mais j'aime rire et je fais parfois des choses limites. Mais je ne suis pas désinvolte, ni très décontractée. À travers mes lettres, peut-être te suis-je apparue plus boute-en-train et meneuse que je ne suis. On peut se donner cette image dans des lettres. Après tout, tu ne sais de moi que ce que je choisis de te dire – je pourrais avoir tout inventé.

Parfois quand je t'écris c'est comme si je m'écrivais à moi-même.

Je me demande souvent qui connaît la vraie moi, parce que chacun voit des facettes différentes : mes parents, ma sœur, mon frère, Cheryl, Rebecca, Maria, toi, le chauffeur de bus, mon prof de français... Elles sont toutes vraies à leur façon (toutes fausses aussi, parfois). Ça prouve sans doute que tout le monde a des facettes multiples. On parle quelquefois de « dédoublement de personnalité», moi je n'en ai pas deux, j'en ai mille!

Ta lettre ne m'est parvenue qu'aujourd'hui, la faute à cette succession de jours fériés: Pâques puis Anzac Day*. Jusque-là les vacances sont plutôt nulles. Je déteste quand tous les magasins sont fermés. Dimanche, nous sommes allés à l'église, événement plutôt rare dans la famille. Ma mère nous pousse toujours à aller nous confesser ou à la messe. Elle-même y va assez souvent mais Papa n'est même pas catholique. Il est quand même venu pour le dimanche de Pâques, et Steve aussi. Si quelqu'un devrait se confesser, c'est Steve, mais les curés seraient obligés de se relayer.

Katrina n'était pas encore là, elle est arrivée après et nous avons sacrifié au bon vieux rituel du repas pascal, avec de la dinde. On est trop grands pour chercher les œufs dans le jardin mais je t'avoue que ça me manque.

L'oncle Kevin et la tante Sophie sont venus, avec Justin, leur fils unique. Kevin est le frère jumeau de Papa. Justin a dix-huit ans, il fait des études dentaires. Un rigolo, le genre de type qui passe son temps à te préparer des gros mollards bien glaireux et à les cracher en direction de la poubelle. Tant pis pour toi si tu passes à ce moment-là,

* Jour de commémoration des anciens combattants.

comme ça m'arrivait quand j'ai séjourné chez eux. Il fera un dentiste de première.

Hier je suis allée en ville avec Cheryl. Sans l'avoir vraiment prévu, on s'est retrouvées à assister au défilé des anciens combattants. C'était ahurissant. En fait c'était triste, surtout triste de voir les gars de la Première Guerre mondiale. Derrière une bannière marquée «Deuxième division», ils marchaient à trois ou quatre. Et tu pensais «autrefois ils ont été des milliers, peut-être dix mille derrière ce drapeau, et il n'en reste plus que trois aujourd'hui, de quatre-vingt-dix ans et plus, pour représenter toute cette jeunesse disparue.» Ça paraissait tellement tragique. Et ceux de la Seconde Guerre mondiale commençaient aussi à avoir l'air vieux et ralentis.

Mon père était trop jeune pour faire 39-45 et trop vieux pour le Vietnam, il a eu de la chance. Mais mes deux grands-pères ont fait la Seconde Guerre mondiale, un dans l'armée de terre, l'autre dans l'aviation.

Le pire s'est passé après le défilé. Avec Cheryl, on marchait sur Mortimer Avenue, il était à peu près quatre heures de l'après-midi. Des gars sont arrivés à notre rencontre, dans leurs uniformes bardés de décorations. Je crois que c'étaient des anciens du Vietnam, et ils étaient ivres. Quand ils ont vu Cheryl – elle est malaise – ils se sont mis à brailler des trucs genre «une saloperie d'Asiate!

On se la fait! » et ils se sont déployés sur la largeur du trottoir en faisant des bruits de mitrailleuses et en faisant semblant de tirer. Ils pensaient sûrement être drôles, mais c'était moche. Cheryl est simplement devenue rouge comme une tomate. Je te jure, elle a du cran, elle est passée au milieu d'eux sans les regarder, sans ralentir le pas ni accélérer. Et moi, solide comme tu sais – dire que je t'ai écrit que j'étais une dure! –, je l'ai suivie avec les jambes en coton, en priant pour qu'ils ne nous touchent pas et qu'il ne se passe rien. Bref, on s'en est sorties sans problème, sauf que je ne crois pas qu'on sorte vraiment intact de ce genre de truc.

Cheryl a une chose en commun avec toi. Pour rien au monde elle n'en parlera – pas un mot.

Peut-être le monde est-il plein de Steve. Peut-être que Steve est l'homme du futur et que d'ici quelques années le monde sera gouverné par les Steve.

Maintenant que Pâques et Anzac Day sont passés, je dois me préparer à deux semaines de tête-à-tête avec Steve. Si tu ne devines pas que j'en suis malade d'avance, tu me connais mal.

Bonnes vacances, Trace!

Avec mon affection,

Mandy

27 avril

Chère Trace,

Désolée pour la lettre que je t'ai postée ce matin. J'en avais marre de tout et de tout le monde, comme ça m'arrive souvent ces temps-ci. Je ne me souviens plus très bien de ce que t'ai écrit mais je crois que c'était assez déprimant et cynique. Donc, pardon.

D'ailleurs, aujourd'hui tout se passe bien. Steve est parti en ville vers dix heures et n'est pas encore rentré. Maman et Papa reviendront tard. J'ai donc une journée tranquille, à ne rien faire. Rebecca m'a passé un coup de fil et on a bavardé pendant une heure et demie. Le reste du temps j'ai lu un bouquin super-extra, *En route pour la gloire.* Tu connais? C'est génial. De Woodie Guthrie.

En tout cas, je ne vais pas divaguer comme en temps normal. Je voulais juste te dire de ne pas faire attention aux passages de ma dernière lettre où j'apparais plus hargneuse et à cran que d'habitude – au moins vis-à-vis de toi.

Dis, j'ai une bonne idée! Si tu me téléphonais? 762 398. Mais est-ce une si bonne idée? Peut-être mieux vaut s'en tenir aux lettres. À toi de décider!

Porte-toi bien,

Mandy

1er mai

Chère Mandy,

Tes deux lettres sont arrivées en même temps, donc ne t'en fais pas – ça ne m'a pas posé problème. De toute façon, tu ne disais rien de bien méchant.

Nous sommes rentrés hier. Papa a été pris, comme ça lui arrive souvent, d'une envie subite d'aller à Porpoise Beach, nous sommes donc partis. Skye et Dean s'étant arrangés pour se libérer, toute la famille était réunie en bord de mer !

J'ai failli t'envoyer une carte postale mais j'avais oublié d'emporter ton adresse, et impossible de me rappeler si c'était 438 ou 348. Je devrais m'en souvenir, depuis le temps.

En tout cas, vacances formidables. Il n'a plu qu'un après-midi. Il y avait une piscine chauffée à l'hôtel et je m'y suis prélassée presque tous les jours. J'ai aussi rencontré un beau mec incroyable, Greg. L'étalon, je ne te dis pas. Il fait des compètes d'athlétisme, et il a tout ce qu'il faut pour assurer, dans toutes les situations... Le reste du temps, il travaille comme maître nageur à la piscine. Il est un peu plus vieux que moi mais ça m'est égal, même si mes parents n'étaient pas trop contents.

Greg a emprunté la Porsche de son père pour qu'on sorte le soir. On est allés dans des restaurants, des boîtes, tout – la grande vie. On se sent tellement bien dans ces bagnoles! Les gens te regardent comme si tu étais vraiment quelqu'un.

J'ai pris quelques kilos mais ça valait le coup. Je me suis bâfrée tous les jours, de langouste et de crevettes, de rumsteck et de pizzas – je n'ai jamais si bien mangé de ma vie.

Greg est un type extra – attentionné et tendre, mais fort aussi. Il a déjà téléphoné depuis qu'on est rentrés et j'espère qu'il viendra dans quelques mois. Ou peut-être que c'est moi qui retournerai là-bas.

Je ne sais pas ce qui va se passer avec Casey. Pas envie de lui dire pour Greg – j'espère qu'il ne l'apprendra pas. Le problème c'est que je les aime bien tous les deux. Ils sont tous les deux sympas et beaux. Greg est du style grand, blond, tout en muscles (comme ce joueur de golf, je ne sais plus son nom). Casey ressemble à Jim Morrison – tu aimes les Doors? – ils sont donc différents l'un de l'autre. Une chose est sûre, toutes les filles qui les voient sont jalouses de moi.

Bon, j'espère que tes vacances se passent bien, et que Steve se tient à carreau. On ne va plus faire grand-chose maintenant, alors je ferais bien de monter un peu dans les jours qui viennent: mon cheval a pris plusieurs kilos lui aussi, et j'ai besoin de m'entraîner.

À plus! Bise,
Tracey

4 mai

Chère Trace,

Je n'ai qu'une chose à dire: Dieu merci c'est vendredi. Bon titre pour un film, hein? À vrai dire, c'est un très mauvais titre – le film le pire que j'aie jamais vu.

La bonne nouvelle, c'est que c'est le dernier jour de semaine des vacances. Je n'aurais jamais cru que je serais contente de voir arriver la fin des vacances, comme quoi on change. Et même s'il reste samedi et dimanche à passer, Maman et Papa seront à la maison les deux jours.

Même s'il est clair que tu ne veux pas entendre parler de Steve, tu n'as pas de pot pour cette fois. Je n'ai personne d'autre à qui le dire – enfin, si, il y a des gens à qui je pourrais mais je n'ai pas envie. C'est moins risqué de t'écrire parce que je n'ai pas à regarder des visages, à voir des expressions – de gêne, le plus souvent. Et je n'ai pas à écouter des répliques idiotes: «Tu vois trop de films...» «Tu as trop d'imagination, Mandy.» «Il n'est pas si méchant que ça.» «Tu n'as qu'à garder tes distances avec lui.» «Ferme ta porte à clef.»

Merci et encore bravo. Vous m'aidez beaucoup.

Non, je connais certaines personnes, surtout Cheryl, qui essaient. Ils me croient. Mais ils ne savent pas quoi me dire qui me serait d'un secours quelconque. Et ils ont raison, bien sûr. Que peuvent-ils dire? Les mots ne vont rien résoudre.

Peut-être éprouves-tu la même chose – peut-être est-ce pour cette raison que tu ne parles pas beaucoup de Steve dans tes lettres.

En tout cas, la semaine passée a été terrible. Les premiers jours, ça allait: on évitait de se croiser. Pendant le week-end on s'est disputés sur un sujet si stupide que j'en suis gênée – non, je vais te raconter parce que j'ai décidé depuis le début d'être franche avec toi. Il restait deux boîtes de boisson dans le frigo, une de Coca light et une de Tonic. Tu l'as deviné, on voulait tous les deux le Coca. Lamentable, hein? C'est moi qui ai eu le Coca parce que Maman s'en est mêlée, mais c'était une de ces victoires – comment dire? – où tu préférerais ne pas avoir gagné. Steve a filé dans sa chambre en donnant des coups de pied aux meubles, en claquant les portes, et en me murmurant un «attends un peu» qui m'a empêchée de dormir jusqu'à la fin du week-end.

Dimanche, il n'a pas arrêté de me chercher, mais comme les parents étaient là je comprenais que c'était seulement des préliminaires. Lundi pareil, en pire. Tu n'as pas idée comme il peut être détestable. S'il veut quelque chose, c'est «viens par là, mollasse nullasse», ou bien «fais-moi un sandwich, salope». Si je m'en sens le courage ou que je suis azimutée, je lui réponds « fais-le toi-même ». Si je me sens lâche mais futée, j'obéis.

Mardi, je suis allée au ciné avec Maria Kagiasis et une copine à elle, Sophie.

Mercredi. Oui, voilà, mercredi. On a un jeu vidéo qui s'appelle « Rum Jungle ». C'était un cadeau de Noël, pas trop mal. Sans être très branchée informatique, j'y ai joué et je m'en suis bien tirée (meilleur score : 12660). Mercredi matin, donc, Steve décide de se faire une petite partie. Il ne lui a pas fallu dix minutes pour se mettre à écumer. Quand je l'ai vu transpirer et donner des coups à l'ordinateur, je me suis approchée et je suis restée derrière lui. Comme une imbécile, je pensais que si je lui indiquais un truc ou deux, il se calmerait, et que je sauverais dans la même foulée la disquette, l'ordinateur et moi. Et peut-être Steve aurait-il le plaisir d'atteindre un score un peu élevé... Oui, oui, d'accord, c'était débile comme raisonnement, mais enfin c'est ce que j'ai pensé. Je comprends que j'ai commis l'erreur de le traiter, pour une fois, comme un individu normal.

Je n'ai pas mis des heures à saisir ce qui clochait dans la façon dont il s'y prenait. Une de ses erreurs, du moins. Alors je lui dis : « Il faut que tu élimines le vert, ça va ralentir les jaunes. » Pas de réaction. Une minute plus tard, le truc vert revient sur l'écran, Steve l'ignore délibérément, les jaunes se mettent à accélérer, et cinq secondes plus tard ils t'écrasent Steve en grand.

Pour ma bonne action, j'ai reçu deux coups dans la figure, deux dans la poitrine, tout le matos informatique a volé à travers la pièce, et Steve a rapté toutes les disquettes pour que je ne puisse plus me servir de l'ordinateur. Plus une menace: «Essaie un peu de me cafter, salope, et je te réglerai ton compte au bahut.»

C'est le problème. L'an dernier, j'ai cafté et quelques jours plus tard quelqu'un a chié dans mon sac, pendant un interclasse. Comment prouver que c'était lui? Impossible, mais je sais que c'était lui, à cause d'allusions et de blagues écœurantes qu'il a faites.

Hier et aujourd'hui: moyen. J'ai eu la jambe engourdie pendant une heure pour n'avoir pas été d'accord avec lui à propos d'une émission de télé.

Ce que je ne supporte pas, c'est la tension. Même quand il se tient tranquille durant des jours, ça ne veut rien dire. Je ne peux pas me détendre quand il est à la maison.

Quand je te parle de lui dans mes lettres, je fonce tout de suite les poster. Depuis que tu m'as demandé si quelqu'un lisait mon courrier. Ce serait terrible s'il découvrait que je te raconte tout ça.

Voilà, c'était le récit de mes vacances. Pas tout

à fait Porpoise Beach mais on fait avec ce qu'on a. C'est quand même drôle, aussi moche que soit notre vie parfois, on ne l'échangerait pas avec une autre. On dit peut-être que oui, mais on ne le ferait pas.

Ce qui me gêne, c'est qu'il y a encore deux périodes de vacances avant que Steve achève sa terminale. Et encore, il risque de continuer à vivre à la maison. Je ne sais pas trop vers quoi il se dirige, d'ailleurs je me demande comment il finira l'année. Autant que je sache, il n'a plus travaillé du tout depuis Pâques.

Voilà, la vie normale reprend lundi, pour le meilleur et pour le pire. Ce qui signifie au moins que tu ne recevras plus des pages et des pages sur Steve. Bonne chance pour le deuxième trimestre... et plein d'amour,

Mandy

8 mai

Chère Mandy,

Eh bien, me voilà revenue en classe comme toi. On redoute d'une certaine façon, mais d'un autre côté ce n'est pas si mal de recommencer à faire quelque chose. Pas que je me sois ennuyée, mais c'est sympa de revoir tout le monde.

Greg continue d'appeler régulièrement mais il

ne pourra pas venir pendant un moment, donc tout baigne avec Casey. Il ne sait pas pour Greg, et j'ai bien l'intention que ça reste comme ça.

Pour ton frère, je ne sais pas. Il m'a l'air d'un vrai minable. Il n'y a pas de conseiller ou quelqu'un dans le genre dans ton lycée ? Ces gens qui sont là pour t'aider quand tu as un problème ? Je ne sais pas s'ils sont efficaces, mais enfin...

À ta place, je prendrais un couteau, j'attendrais qu'il soit endormi, puis je lui couperais les couilles, j'attacherais une ficelle autour et je lui rendrais le tout pour s'en faire un yoyo.

Non, je n'ai pas trouvé ça toute seule. J'aurais bien aimé. C'est une fille ici qui l'a dit.

Je suis devant la télé en t'écrivant mais je n'y fais pas très attention. C'est seulement les infos. Mais écoute ça : on interviewait tout à l'heure un homme politique anglais au sujet de l'accident de voiture qui vient de lui arriver. Il s'en est sorti mais son chauffeur est mort. Il souriait, et il a rigolé en disant : « Ouais, il doit y avoir quelqu'un là-haut qui m'aime bien. » Puisque tu reconnais croire en Dieu, je voudrais savoir : y a-t-il quelqu'un là-haut qui détestait le chauffeur ? Si c'est comme ça, je ne traverse plus jamais la rue.

Dis, Mandy, est-ce qu'il t'arrive de montrer mes lettres à quelqu'un ? Comme Cheryl et les autres ? Je voudrais savoir.

Je ne montre tes lettres à personne.

Je te souhaite un bon trimestre. N'oublie pas ce que je t'ai dit pour Steve. Sinon, essaie de passer ses capotes au micro-ondes (ça les fait rétrécir).

Bisous,

Tracey

12 mai

Chère Trace,

Merci pour ta lettre. J'ai aimé le passage sur l'accident de voiture. La réponse est simple: le type à la télé, le politicien, est un abruti. Je ne crois pas que Dieu fonctionne de cette façon. Je pense qu'il crée tout, et ensuite il laisse les choses se produire. Mais il nous donne des choses comme les réflexes, le cerveau, la conscience, afin que le monde ne tourne pas fou et ne finisse pas dans l'anarchie. Et je pense que les événements genre accidents d'auto ou les gens qui meurent jeunes d'un cancer ou d'une autre maladie et tout ça sont purs hasards: sur cent personnes, une peut mourir jeune dans un accident, et c'est uniquement de la malchance si ça tombe sur toi ou sur un ami à toi.

Moi j'ai eu de la chance: je n'ai qu'un grand-père et une grand-mère qui sont morts dans ma famille. Mon grand-père est mort quand j'étais trop jeune pour m'en souvenir, mais Mamie est morte il y a deux ans et ç'a été affreux. Elle me manque encore, souvent je lui parle – j'ai des petites conversations avec elle dans ma tête, je lui raconte ce qui arrive et ce que je ressens. Elle s'est ébouillantée sous la douche, mais le pire c'est que Papy était parti jouer aux boules et qu'il est rentré tard. Elle est donc restée toute la journée avant qu'il la trouve. Elle est morte le lendemain à l'hôpital.

Nous continuons de mettre des fleurs sur sa tombe. J'aimerais y retourner bientôt – cela fait un moment que nous n'y sommes pas allés.

Il me reste donc un grand-parent de chaque côté. Grand-mère (la mère de Papa) vit à Speakman Bay, ce qui veut dire qu'on ne la voit pas souvent, et Papy est dans une maison de retraite pas loin d'ici. Nous y allons une fois tous les quinze jours à peu près, on lui porte des friandises et ce genre de trucs. Il est tellement gentil mais la maison de retraite est déprimante, même si c'est une des mieux. Je crois que même les mieux sont déprimantes.

Jusqu'à présent, les cours se passent bien. Aujourd'hui, c'était un jour au-dessus de la moyenne. Il y a dans la classe un type bizarre, Darren Small, qui fait des choses écœurantes, genre se piquer des aiguilles dans la peau ou faire les yeux tout blancs. Il nous donne des concerts de pets quand les profs arrivent en retard en cours. Il peut faire n'importe quoi avec son corps. Il est assez marrant. Et puis il a une très grande bouche – vraiment – dans laquelle il enfourne des trucs incroyables, des balles de tennis, ou même son poing fermé.

Aujourd'hui, Paul Bazzani lui a donné une pomme énorme, la plus grosse pomme que j'aie jamais vue, et lui a dit de se la mettre dans la bouche. Et Darren l'a fait – il est assez frime. Le problème c'est qu'il n'arrivait plus à la ressortir. Tu ne peux pas savoir comme c'était drôle. On a cru qu'il allait étouffer, tellement il était rouge, bon mais je suppose qu'il arrivait à respirer par le nez. Sur ce, Mr Prideaux se pointe, le prof de géographie, et quand il a fini par comprendre la situation (ce qui lui a pris une bonne dizaine de minutes, un record de rapidité pour lui), il est allé chercher un couteau et s'est mis à découper des morceaux de la pomme jusqu'à ce que Darren puisse cracher le reste tout seul. La crise de rire, j'ai failli en pisser dans ma culotte. Darren est franchement branque. Mais c'était marrant.

Bon, il faut que j'arrête là. Les devoirs m'appellent – pas très fort mais quand même. Au fait, merci pour le conseil du yoyo et des capotes. C'est la seule fois où j'ai ri de toutes les vacances. Mais as-tu un troisième plan à me suggérer? Parce que je ne crois pas que j'aurai le cran d'essayer ces deux-là… même si c'est tentant.

À bientôt, amitiés,

Mandy

15 mai

Chère Mandy,

Merci pour ta lettre. Désolée si les miennes deviennent lassantes. Mais continue d'écrire, s'il te plaît. J'adore tes lettres. Et j'admire ta façon d'écrire. Je parie que tu as des bonnes notes en anglais. Tu as l'air si franche! Je ne sais pas comment tu fais.

Ce que tu écris sur tes grands-parents m'a fait beaucoup réfléchir, et me souvenir de plein de choses. Une espèce de retour en arrière, comme un flash-back. Je crois que j'étais pour un moment chez ma mamie. Elle me donnait des Chocopops pour le petit déjeuner, ce qui était un sacré luxe pour moi. Puis elle avait dû quitter la pièce, parce que je me revois essayer d'attraper le lait et renverser mon bol qui se répand tout par terre. Alors ce que j'ai fait, j'ai pris le pack de lait et je me suis assise par terre avec une cuillère, j'ai versé le lait sur les Chocopops éparpillés et je me suis mise à les manger. Sans doute que ça me paraissait plus facile que de ramasser les Chocopops un par un. Je ne me souviens pas de ce qui s'est passé ensuite.

Je devais avoir trois ou quatre ans. On a une disserte d'anglais, sur: Que vous évoque la phrase «Continuer d'avancer jusqu'à ce que toute vie s'arrête»? J'ai trouvé le sujet taré d'abord puis après j'ai pensé que je pourrais écrire sur Mamie. Mais je sais pas. Les profs font partie des gens pas fiables pour moi, alors je n'aime pas écrire des machins personnels qu'ils pourront lire et montrer à d'autres. En cinquième, je m'étais complètement déboutonnée dans un genre de journal qu'on devait tenir, et la prof avait écrit au-dessous : « Très bien, Tracey, continue d'écrire. » Après ils se demandent pourquoi on laisse tomber.

De toute façon, l'école c'est la barbe. Tu veux me dire ce qu'on y fait d'intéressant ? Toi je ne sais pas, moi je te donne le menu ici. En maths, équations du second degré. En anglais, *To Kill a Mockingbird**. En histoire, la révolution industrielle ; en géo, les forêts tropicales. En chimie, les structures moléculaires...

Passionnant, n'est-ce pas ?

As-tu un but dans la vie ? L'autre jour j'ai entendu une chanson qui disait : « Vis vite, meurs jeune et laisse un beau souvenir. » Ou quelque chose comme ça. C'est ce qu'il faut faire, non ?

À plus !

Avec affection et déprime,

Tracey

* Célèbre roman américain de Harper Lee, plaidoyer contre le racisme. Il a été traduit en français en 1961 (titré *Quand meurt le rossignol*), puis en 1989 (titré cette fois *Alouette, je te plumerai*), et adapté au cinéma en 1963 avec pour titre français *Du silence et des ombres.*

18 mai

Chère Trace,

Merci pour ta lettre. J'aime beaucoup les recevoir. Figure-toi que quand on a commencé je n'aurais jamais cru que ça durerait si longtemps. J'ai lu dans le journal que deux vieilles grand-mères viennent d'être inscrites au *Livre des records*. Elles se sont écrit pendant soixante-dix-huit-ans. Je sais que tu veux vivre vite et mourir jeune, mais si jamais tu changes d'avis, on s'attaque au record. D'accord ?

Une des mamies vit en Australie, l'autre en Angleterre. Elles se sont rencontrées trois fois – une fois en Australie, deux fois en Angleterre. Je me demande si, ou quand, on se rencontrera. J'y pense souvent. Ce serait étrange. Le pire serait que ce soit un vrai fiasco, par exemple qu'on ne sache pas quoi se dire. Je détesterais. Mais je ne crois pas que ça se produirait.

Ce qui me fait penser que tu ne m'as jamais envoyé ta photo. O.K., je sais que je ne te l'ai pas envoyée non plus, mais j'attendais que tu fasses le premier pas. Tu me l'envoies et je te l'envoie, ça te paraît juste ?

Si tu me voyais là tout de suite, tu te dirais que je suis la reine des monstres. Je porte de gros godillots, un survêtement (on a fait du netball* cet

* Genre de basket pour femmes, typiquement australien. Entre autres règles différentes du basket, la balle ne doit pas toucher terre.

après-midi), deux pulls et une chapka. Il fait tellement froid! Je hais ce temps. Le tonnerre a grondé toute la journée – à nous tourner autour et à effrayer le chien. Puis, juste quand je m'installais pour t'écrire, l'orage a éclaté et bombardé la maison. Il continue de pleuvoir. Le toit fuit au-dessus du bureau de Steve, alors il travaille dans la chambre de Katrina. S'il travaille, ce qui m'étonnerait.

Tu m'as demandé si je montrais tes lettres à quelqu'un et j'ai oublié de te répondre. Oui, parfois je les fais lire à Cheryl. Elle est bien. La façon dont on a commencé à s'écrire l'a amusée. Et je lui fais entièrement confiance. Mais si tu veux que j'arrête, pas de problème.

Elle voulait t'écrire elle aussi, mais elle ne fait jamais la moitié de ce qu'elle a prévu.

Elle est venue un moment à la maison après le netball, avec Rebecca. Cette garce de Rebecca recommence à me taper sur les nerfs. Elle a découvert que j'avais un penchant pour un type qui est en première, George Vlahovic, et elle est allée tout droit lui lâcher le morceau! Tu vois le tableau. Une vraie passoire, cette nana. George a laissé glisser mais c'est quand même gênant. On sort ensemble demain soir, pour aller au ciné ou autre chose, mais ce n'est pas grâce à elle.

Tu l'as compris, ma vie amoureuse se présente bien, pour une fois. Mais c'est à peu près la seule chose qui roule. On étudie aussi *Mockingbird*, et on a un méga-devoir dessus, pour lundi, tu imagines ? Le prof ne nous a donné qu'une semaine, pour dix questions, cent mots chacune. Autant dire que le week-end va y passer.

Allez, à la prochaine.

Bises,
Mandy

22 mai

Chère Mandy,

Comme ça, ta vie amoureuse se réchauffe un peu ? Qu'est-ce que tu es cachottière ! Qui est ce type ? Qu'est devenue ta franchise ? J'espère que tu as passé un bon moment samedi !

Casey et moi sommes sortis aussi samedi. C'était notre premier anniversaire. Nous avons dîné dans un resto vraiment classe puis après on est allés en boîte, au Blue Velvet. On y est restés jusqu'à trois heures du matin. Je serais bien restée plus mais Case commençait à tituber de fatigue.

Oh, j'en ai marre d'écrire ces foutaises, mais je ne sais pas quoi écrire d'autre.

Tammy Wynette vient de passer à la télé, on lui demandait pourquoi la musique country continuait à marcher depuis si longtemps. Elle a dit : « Parce que c'est une musique simple et sincère. »

J'ai trouvé que c'était une bonne réponse. Tu aimes la country? Moi, ça ne me déplaît pas.

Tu te rappelles, je t'ai parlé de ma disserte sur «Continuer d'avancer jusqu'à ce que toute vie s'arrête»? Je l'ai faite comme j'avais dit, sur ma mamie, parce que c'est exactement ce que sa vie a été; elle a toujours bataillé, vingt-quatre heures par jour, sans jamais lâcher, jusqu'à ce qu'elle se casse le col du fémur. Sa mort m'a ravagée. Elle me manque tellement. Je jure que si ma disserte me revient avec une note à la con et des commentaires dans les marges, j'en fais des confettis.

Honnêtement, je pense que c'est la meilleure disserte que j'aie faite.

Que je te raconte ce que dit mon horoscope aujourd'hui: «Votre passé va vous causer de nouvelles complications mais les solutions reposent entre vos mains. Côté argent, bonnes nouvelles. Côté amours, plus tangent... Prudence si vous devez voyager mais la période est propice pour rendre visite à de vieux amis.»

En ce qui concerne l'argent, ça a l'air d'aller.

Au fait, que font tes parents? Quels métiers, quoi? Tu ne me l'as jamais dit.

Salut. Écris vite.

Plein de bisous,

Trace

29 mai

Trace, que se passe-t-il? Les élèves grecs en séjour linguistique avaient une nouvelle réunion hier, au lycée de Prescott. Ça te rappelle quelque chose, le lycée de Prescott? C'est là que tu vas en classe, d'après ce que tu as dit. Comme je t'avais écrit une lettre, je l'ai donnée à Phil – je me disais que ce serait plus sympa qu'elle te soit remise en mains propres, et plus rapide.

Phil est passé à l'administration: on lui a répondu qu'on n'avait jamais entendu parler de toi. Alors il a demandé à quelques élèves de seconde: pour eux, idem, tu es inconnue au bataillon. Phil m'a rapporté la lettre. Je me suis dit, peut-être qu'il parle trop mal anglais et qu'on ne l'a pas compris. J'ai donc téléphoné ce matin au lycée... et devine? J'ai eu la même réponse que Phil.

Peux-tu m'expliquer à quoi ça rime? J'ai du mal à croire que tu aies changé de bahut sans me le dire. J'ai recherché ta lettre et c'était bien là, écrit noir sur blanc: lycée de Prescott. Je n'y comprends rien. Réponds vite.

Mandy

31 mai

Chère Mandy,

Tu n'as pas à t'inquiéter, c'est très simple. Je ne porte pas le même nom à l'école. Plus exactement, j'ai un nom de famille différent. Simplement parce que mon père n'est pas mon père, mais mon beau-père. Mon vrai père est mort après ma naissance. Je suppose qu'il m'a regardée une fois et il s'est barré. Mais je prends son nom pour presque tout, t'écrire par exemple. Je ne porte le nom de mon beau-père qu'au lycée, et tout ça parce que mon frère et ma sœur ont aussi pris le sien. Ce qui entraîne pas mal de complications, mais enfin ça va.

Pardon de ne pas t'avoir expliqué ça avant. Je ne pensais pas que c'était important. Et je n'ai jamais imaginé que tu m'enverrais une lettre au bahut.

J'espère que tout est clair maintenant. Est-ce que je peux avoir ma lettre?

Plein d'amour,
Trace

4 juin

Trace, je ne suis pas Sherlock Holmes mais cette histoire continue à me chiffonner. Tu m'as dit, il y a longtemps, que tes parents étaient mariés depuis vingt-cinq ans. Et voilà soudain que ton père est mort après ta naissance.

Quelque chose coince. Réponds-moi s'il te plaît.

Mandy

13 juin,

Chère Tracey,

Ta dernière lettre commence à dater sacrément, tu n'as jamais laissé passer autant de temps. Qu'est-ce qui se passe? Je ne comprends pas ce que tu fabriques. S'il te plaît, réponds et ne me cache rien – j'ai besoin de savoir.

Amitiés,
Mandy

20 juin

Trace, ne me fais pas ça. Je peux tout supporter sauf le silence. Si tu préfères qu'on arrête de s'écrire, ce sera comme tu veux, même si moi j'ai envie de continuer. Mais, au moins, il faut que je sache la vérité. Je t'en prie, réponds.

Avec amour,
Mandy

26 juin

Chère Trace,

Je vais t'écrire tous les jours s'il le faut, jusqu'à ce que j'obtienne une réponse. Pour ne rien te cacher, je commence à avoir peur. Cheryl m'a dit un truc qui m'a flanqué la trouille. C'est-à-dire que, d'une certaine façon, je ne sais pas grand-chose de toi. Je ne sais pas où tu vis, où tu vas en classe. Je n'ai pas de photo de toi. Je ne suis même plus certaine de connaître ton nom. Comme dit Cheryl, tu es peut-être une psychopathe. Rassure-toi quand même, je ne le pense pas. Il faut que je me fasse confiance, que je me fie à mes sentiments, et je crois sincèrement que tu es quelqu'un de bien. Mais je crois que tu m'as raconté un maximum de conneries. Quand je relis tes lettres, je découvre des choses bizarres. Par exemple, il semble que tu aies perdu un chien et gagné un cheval quelque part. Je serais presque capable de dire quels passages sont vrais et lesquels sont faux. J'espère donc que tu vas écrire, au moins une dernière fois, pour m'expliquer tes craques.

Affection (je crois),
Mandy

Carte postale 29 juin

Je ne laisse pas tomber. Plus qu'une semaine avant la fin du trimestre – je te harcèlerai pendant les vacances. Dis-moi seulement la vérité, s'il te plaît. *M.*

3 juillet

Fiche-moi la paix. Lâche-moi les baskets. Tu ne comprends jamais rien? Et n'envoie plus de cartes postales. Ils les lisent.

6 juillet

Tracey, que veux-tu dire par «ils les lisent»? Où es-tu, bon sang? Et tant que j'y suis, qui es-tu?

Les cours se terminent aujourd'hui mais je reste chez moi toutes les vacances. Seule avec Stevie Wonder*. J'ai assez de sujets de trouille pour que tu ne m'envoies pas tes messages bizarres. Ton «ils les lisent» m'a terrorisée.

As-tu des ennuis? Si nous sommes amies, on doit pouvoir tout se dire, non?

De toute façon, je continuerai à t'écrire, j'en ai

* Jeu de mots sur le nom du chanteur célèbre, «Wonder» signifiant merveille ou émerveillement, Steve étant bien sûr le frère terrifiant.

besoin. Nos lettres m'ont fait beaucoup de bien. Elles m'aident à tenir le coup.

Écris-moi, s'il te plaît.

Avec amour,
Mandy

13 juillet

Chère Trace,

Une semaine s'est écoulée depuis ma dernière lettre et toujours pas de réponse. J'ai envisagé d'abord de t'envoyer des cartes postales avec des messages étranges, pour te forcer à écrire. Mais j'ai relu toutes tes lettres aujourd'hui, et finalement j'en ai conclu que je devais continuer à te faire confiance, quelle que soit la suite.

J'ai besoin d'avoir confiance en quelqu'un. George Vlahovic m'a plaquée au début des vacances, après quelques semaines pas mal. Cheryl est partie en famille à Red Point, pour quinze jours. Rebecca fait des tonnes de mystères. Katrina n'est jamais à la maison. Maria travaille au magasin de ses parents... Il ne reste pas grand monde. J'ai essayé de reparler à Maman et Papa, pas seulement de Steve, mais de tout. C'est surtout avec Maman que j'ai voulu parler. Et elle a fait des efforts, vraiment, mais elle était fatiguée et ce qu'elle m'a dit ne m'aide pas beaucoup. Je lui ai raconté mon histoire avec George par exemple, et elle a répondu: «Tu es trop jeune pour avoir une relation sérieuse», et aussi: «Je sais qu'on croit que c'est la fin du monde à ton âge, mais tu t'en remettras.»

Et merde, elle a peut-être raison.

Rends-toi compte que même d'avoir écrit ce paragraphe, je me sens mieux! J'aimerais qu'on continue.

Avec mon affection,
Mandy

18 juillet

Mandy, je regrette de te laisser tomber mais je n'y peux rien. Tu ne comprendrais pas – et je te jure, tu n'aurais pas envie de savoir. On arrête tout, on efface tout, d'accord?

Tracey

20 juillet

Allez, Trace, accorde-moi un peu de crédit. Tu sais, quand je regarde en arrière, je t'ai fait confiance dès le début mais je crois que toi tu ne m'as jamais fait confiance. Mets-moi à l'épreuve et tu verras – tu pourrais être étonnée.

M.

30 juillet

Chère Trace,

On ne pourra pas dire que je n'ai pas essayé. J'ai imaginé cinq mille raisons à ce qui arrive mais je n'ai pas le bout de la queue d'une idée.

Le troisième trimestre a commencé. Il y a tellement de boulot. Le problème est que nous, les élèves, on voudrait y aller doucement parce qu'on sait qu'il faudra travailler dur l'année prochaine, mais les profs veulent qu'on s'y mette tout de suite.

Où vas-tu en classe ? D'accord, tu pourrais être au lycée de Prescott sous un autre nom, mais je n'y crois pas trop.

Quelle note as-tu obtenue à ta disserte sur ta grand-mère ? Cette histoire-là était vraie, n'est-ce pas ? J'en suis sûre. J'espère que tu as eu un bon gros A sympa.

Dans ta dernière lettre tu me demandais ce que faisaient mes parents. Ma mère est bibliothécaire à la bibliothèque municipale et mon père aide-soignant à l'hôpital St Francis, qui n'est qu'à un kilomètre de chez nous.

Tu me demandais aussi si j'aimais la musique country. Pas trop, même si je trouve quelques morceaux potables.

J'espère que tu vas bien, mais j'en doute. Quelque chose me dit que tu n'as pas la forme.

Je suis très soucieuse de ce qui t'arrive. Alors prends soin de toi.

Amitiés,
Mandy

1er août

Mandy,

D'accord petite finaude, tu l'auras voulu, tu as tenu à fouiner dans ma vie, alors je vais te dire la vérité mais ça ne va pas te plaire. Tu as entendu parler de Garrett? Si tu ne connais pas je t'explique. C'est un centre de détention Haute Sécurité, où on t'enferme si tu as fait beaucoup de mal, et si tu es pire que très nuisible on te met au Bloc A. C'est là que je suis. C'est là que je suis depuis onze mois et c'est là qu'ils essayent de me garder pour longtemps, à moins que j'aie mon mot à dire. Maintenant fous le camp, disparais de ma vie.

10 août

On peut dire que ça a marché, hein? Je le pensais bien. Tu sais maintenant pourquoi je ne t'ai rien dit d'entrée. Merci de m'avoir prouvé que j'avais raison.

15 août

Tracey, ce n'est pas juste. Je t'ai commencé au moins dix lettres depuis que tu as fini par écrire mais je n'ai pas été fichue d'en terminer une seule. Ça n'allait jamais. Je ne sais pas si celle-ci va finir dans la poubelle comme les autres. Je ne sais pas quoi te dire. Ta lettre m'a flanqué un sacré coup, je le reconnais. Mais au moins maintenant je devine pourquoi tu as mis l'annonce et je comprends pourquoi tu n'as pas dit la vérité sur l'endroit où tu te trouvais.

J'ai cherché Garrett dans l'annuaire et dans le guide des rues et j'ai essayé d'en savoir un peu plus. Ce n'est pas facile.

Honnêtement, je ne sais pas quoi t'écrire. Je peux seulement t'envoyer ça et espérer que tu répondras. Espérer vraiment.

À bientôt,
Mandy

19 août

Moi non plus je ne sais pas quoi écrire. J'avais mis l'annonce seulement pour blaguer, un jour que je zonais sans rien à faire (comme tous les jours). Je n'ai jamais voulu que ça finisse comme ça.

Continue d'écrire si tu as envie. Mais n'attends pas trop en retour. Je ne saurais pas quoi dire.

Tracey

24 août

Chère Tracey,

Merci d'avoir répondu. J'admets que je suis encore sous le choc mais quelque chose me pousse à continuer d'écrire. Tu m'intrigues beaucoup, bien sûr – ne le prends pas mal – c'est juste que je croyais commencer à te connaître et que je m'aperçois tout à coup que je ne sais rien du tout de toi. Et puis je me sens blousée parce que je me suis complètement confiée à toi, et voilà que je me demande si tu as rigolé de moi et si tu as montré mes lettres à tes copines pour qu'elles s'amusent aussi.

Je ne pense pas que tu aurais fait ça, remarque, parce que je crois encore te connaître un peu, mais c'est sans doute un problème de confiance.

Alors où est la vérité ?

Je m'étais dit que je te mettrais au courant des derniers événements de ma vie mais ça devient difficile. Ça paraît si insignifiant comparé au genre de vie que tu dois mener. Et puis il y a tellement longtemps que je ne t'ai pas écrit une lettre « normale » que je ne me rappelle plus ce que je te racontais. Je crois que j'étais encore avec George à ce moment-là. Ça semble tellement loin. En tout cas, il m'a larguée depuis longtemps, sans raison particulière, nous sommes restés copains, et patati et patata.

Que puis-je t'écrire qui pourrait t'intéresser ? Je ne sais plus du tout. J'ai le même problème que toi : moi non plus je ne sais que dire.

J'espère quand même que tu répondras.

Mandy

28 août

Chère Mandy,

Tu ne comprends pas ? Pourquoi j'ai mis l'annonce ? Je voulais savoir à quoi ressemblait la vraie vie. Je voulais savoir ce que font les gens normaux. C'est la raison qui faisait que j'aimais tes lettres. C'est là-dessus que j'ai envie que tu écrives. Je voulais que tu parles de ta famille, de l'école et toutes ces conneries. Je voulais que tu sois normale, la personne le plus normale du monde. C'est pour ça que j'ai détesté savoir pour ton frère, parce que quand tu t'es mise à parler de lui, des bagarres et tout, tu te mettais à me ressembler ou à n'importe qui ici. Et je ne voulais pas ça. Vingt-quatre heures par jour, j'ai mon compte.

Tu vois, c'est tout ce qu'il te suffit d'écrire. Facile pour toi.

Je ne montre tes lettres à personne, mais je ne t'en veux pas de t'être posé la question. Et je ne me moque pas non plus. Depuis douze mois que je suis ici (presque), tes lettres (et les autres suite à l'annonce) sont les seules que j'aie reçues.

Tu voulais savoir pour ma disserte sur Mamie. J'ai eu A + et la prof a dit qu'elle allait la faire participer à un concours. Tu vois, je suis capable de faire certaines choses. Et dans tout ce que je t'ai dit il n'y avait pas que des craques.

Est-ce que tu as dit à Cheryl et les autres pour moi ? Je veux dire, que je suis à Garrett ?

Tracey

31 août

Chère Tracey,

Tous aux abris ! Cette fois, au lieu de ne pas savoir quoi dire, je ne sais pas par où commencer !

Félicitations pour ta disserte. C'est super. Sauf que je ne suis pas vraiment étonnée, tu écris bien. Est-ce que je pourrai la lire ?

Je voudrais que tu arrêtes de dire que tu ne sais pas quoi m'écrire. Parle-moi de toi. Parle-moi de Garrett. Tu crois que je ne suis pas dévorée d'envie d'en savoir plus sur toi ? Qu'y avait-il de vrai au juste dans ce que tu m'as dit avant? O.K., je crois être capable de dire ce qui est faux et ce qui ne l'est pas, mais pour certains passages ce n'est pas facile. Par exemple, qu'y a-t-il de vrai à propos de ta famille?

Quant à savoir si j'en ai parlé à des gens, j'ai dit à Cheryl que tu n'allais pas au lycée de Prescott et que je n'obtenais plus de réponse à mes lettres. C'est là qu'elle a pensé que tu devais être un genre de psychopathe. Mais je ne lui ai pas dit que tu es à Garrett. Tout ça me faisait trop flipper. Elle me questionne souvent, je lui réponds que je n'ai plus de nouvelles. Il faudra que je finisse par lui dire quelque chose mais pour le moment je n'en ai pas envie, je ne sais pas pourquoi.

Je n'en ai parlé à personne d'autre. Je vois encore Cheryl mais plus tellement Rebecca ni Maria. Je suis assez copine avec deux filles, une qui s'appelle Naomi Barker, et une nouvelle qui vient du Vietnam, Mai Huynh. Tu as dû le deviner, le lycée est plutôt pluriculturel – vingt-huit langues différentes, je crois, y compris des tas de Vietnamiens, mais Mai est la seule Vietnamienne que j'aie fini par bien connaître. Elle est douce, un peu pénible parfois.

Je suppose que ma famille est ce qu'on appelle normale. Je ne nous avais jamais considérés sous cet aspect. À part Steve, mais toute famille doit avoir son débile ou son monstre, son cas quoi. On n'imagine pas un zoo sans gorille.

Je peux te demander ce que tu as fait pour te retrouver à Garrett?

Tu sais, beaucoup de choses me sont devenues compréhensibles maintenant. Pourquoi tu ne m'envoyais pas de photo – je suppose que tu n'en as pas. Pourquoi tu ne m'as pas téléphoné, ni donné ton numéro. Es-tu autorisée à recevoir ou passer des coups de fil? Pourquoi tu as une boîte postale. Peut-être même pourquoi tu ne crois pas en Dieu.

Comment se fait-il que tes lettres ne soient pas censurées?

J'ai du mal à croire que la lettre innocente que je t'ai envoyée – en février dernier je crois – nous ait emportées jusque-là. Peut-être devait-il en être ainsi. En tout cas, ça me ferait plaisir de recevoir une réponse de toi, une longue lettre cette fois.

Affectueusement,
Mandy

4 septembre

Chère Mandy,

J'ai pensé une chose quand on m'a envoyée ici: que je n'aurais pas de travail scolaire. Et c'est vrai, tu n'es pas obligée d'aller en cours. Mais comme il n'y a rien d'autre à faire, tu y vas. Et une fois que tu y es, tu te retrouves avec plus de boulot que dans une vraie école. (Je ne parle pas du lycée de Prescott où je n'ai jamais mis les pieds. Celui de Jefferis était le dernier, mais j'en ai fait un paquet.) Normalement, j'en ai trop rien à foutre, alors je ne me casse pas beaucoup, mais ces temps-ci, pour je ne sais quelle raison stupide, j'ai un peu essayé, et c'est trop dur. Figure-toi que ce soir j'ai passé une heure et demie sur un seul problème de maths, tout ça pour aboutir nulle part. Le blème, c'est qu'il n'y a personne à qui demander. Et demain la vieille conne va me dire que je devrais faire un effort. « Tu as un cerveau, Tracey, tu devrais t'en servir. »

Tiens, je ferais mieux de répondre aux questions de ta lettre. Sauf que les lumières s'éteignent dans une demi-heure, alors ne t'attends pas à un roman.

Tu as raison pour les photos – je n'en ai aucune de moi. La maison est plutôt stricte. Tu as dû voir à la télé ces taules modernes avec moquette, télé couleur et affiches aux murs dans les cellules ? Il y en a peut-être des comme ça quelque part, je n'en ai jamais vu. Je ne dois pas être à la bonne adresse – une fille qui vient de Jennings dit qu'ils sont pas mal là-bas. Quand tu arrives ici, on te donne un règlement et la liste de ce que tu peux garder dans ta cellule. Je te la copie si ça t'intéresse :

Centre de détention de Sa Majesté*
Garret
Avis aux détenues

Ne pas dégrader votre cellule ni aucun lieu ou équipement du centre.

Aucun jeu d'argent ne sera toléré.

Vous avez été reçue dans cet établissement soit en détention préventive, soit pour purger une peine d'emprisonnement.

Si vous estimez avoir des motifs de faire appel, vous pouvez demander à voir un conseiller juridique.

Ci-dessous, la liste des effets et matériel autorisés dans les cellules.

1 lit (fixe)
1 alèse
couvertures
(selon distribution)
1 oreiller
1 taie d'oreiller
2 draps
1 gobelet en plastique
1 cendrier
1 portrait
de Sa Majesté la reine
1 bureau (fixe)
1 siège (fixe)
1 placard (fixe)
1 savonnette
1 brosse à dents
1 tube de pâte dentifrice
1 boîte de tampons ou
serviettes hygiéniques
6 photographies (non
encadrées)
1 serviette de toilette
1 miroir à découvert
1 rouleau de papier
hygiénique
1 stylo-bille
6 lettres
2 quotidiens (presse
autorisée)
3 ouvrages de bibliothèque
2 magazines
1 bloc de papier à lettres

* L'Australie, faisant partie du Commonwealth, a encore, de façon formelle, la reine d'Angleterre pour chef d'État.

Objets et livres à usage scolaire :

Une fiche établissant la liste de ces articles, paraphée par le responsable éducatif, doit être conservée dans votre cellule.

Exception faite des matériels délivrés par les enseignants et contenant une fiche d'autorisation.

F.R. BATCHELOR
Directeur des Prisons

Palpitant, hein ?

Ils te laissent quand même avoir des trucs qui ne sont pas sur la liste. Le temps cavale. Avant l'extinction des feux, je veux te dire quelque chose : ne me demande pas pourquoi je suis ici. N'essaye pas de le découvrir. Si tu le fais, ce sera la fin de toute amitié, pour la bonne raison que tu ne voudras plus avoir la moindre relation avec moi.

Tu vois ? Ça ne pourra jamais être vraiment une amitié, c'est ça ? Parce que je ne peux pas être franche. Si je ne fais pas semblant, si je n'invente ou ne déguise rien, tu finiras par te rendre compte à quel point je suis grave. Donc, soit nous avons une amitié à moitié fausse, soit je te dis tout et on la perd. Le genre de foutaises que tu lis sur les cartes ou les posters, genre « Sincérité et confiance sont les fondements d'une amitié vraie », c'est du flan dans la réalité.

Couvre-feu… à plus.

Tracey

10 septembre

Chère Trace,

Pourquoi tes lettres mettent-elles si longtemps à me parvenir? La dernière fois que je te l'ai demandé, tu m'as servi un prétexte bidon. Est-ce parce qu'ils les censurent?

Je continue à gamberger. Mon Dieu, Trace, je ne sais pas ce que tu as fait. Je suis incapable de l'imaginer. Pour te dire la vérité, ça m'effraie. Mais j'arrive quand même à me cramponner ferme à certains trucs – par exemple, je pense que tu es quelqu'un de bien. Même si je sais que tu as dit beaucoup de mensonges dans tous ces mois de correspondance, tu ne peux pas te dissimuler complètement, et je pense, en lisant entre les lignes, que tu es quelqu'un de bien.

Peut-être as-tu commis quelque chose de vraiment moche. Je le suppose. Mais je parie que tu ne recommencerais pas aujourd'hui. Il existe toutes sortes de raisons aux actes des gens. Peut-être que tu étais avec des gens «pas fréquentables», comme ma mère les appelle. (Elle englobe dans cette catégorie tous ceux qui ont des tatouages ou des coiffures zarbis.) Cette bonne vieille «influence de l'entourage» contre laquelle on nous met en garde à toutes les rentrées scolaires. Peut-être étais-tu à côté de tes pompes, ou pire. La drogue. Je ne sais pas. Tout ça m'est inconnu.

Le conseiller d'éducation du lycée a dit à Steve qu'il finirait à Ruxton s'il ne faisait pas gaffe.

Ouf, ce trimestre n'en finit pas. C'est sans doute le cas de tous les trimestres d'hiver. On a gagné quelques matches de netball. Et terminé avant-dernières, mais quand même. On dirait qu'il pleut tous les week-ends – le temps est humide, froid, venteux. J'ai essayé d'apprendre à Mai Huynh à jouer au netball mais honnêtement je n'ai jamais vu ça. Elle laisse la balle lui rebondir sur la tête au lieu de l'attraper. Je crois que les filles ne font pas beaucoup de sport au Vietnam. Quoiqu'elle m'apprenne le ping-pong et elle est championne là-dedans. Ne me demande pas d'explication.

Tout était vrai à propos de ton équipe de basket, n'est-ce pas? Tout ce que tu m'as raconté?

Hier, sommes allées au ciné avec Naomi (Barker) et Cheryl. Nay et moi voulions voir *Waiting for You* mais Cheryl nous a convaincues d'entrer à *David's Diary*. Elle ne fait que ce qui lui plaît. Enfin, c'était un bon film. L'histoire d'un mec qui est dingue d'une fille nommée Alex. Cette Alex a une jumelle, Sarah. Et les deux sœurs n'arrêtent pas de s'échanger leur rôle à l'insu de David parce que Alex ne l'aime pas beaucoup. Quand Sarah tombe raide amoureuse de lui, Alex se met à penser qu'il est peut-être plus intéressant qu'elle n'avait cru. Mais lui, entre-temps, s'est mis à préférer Sarah... et ça continue comme ça. C'est un genre de comédie sentimentale.

Y a-t-il des magnétoscopes à Garrett ? Et combien de temps as-tu le droit de regarder la télé ?

En espérant bientôt de tes nouvelles.

Affectueusement,

Mandy

12 septembre

Chère Mandy,

D'accord, fouineuse, tu veux des réponses, alors autant s'en débarrasser. Je te jure, on dirait que tu es assistante sociale.

1. Ils disent vérifier « au hasard », un contrôle à l'aveuglette du courrier qui entre et qui sort. On doit leur donner les lettres dans les enveloppes non fermées, et celles qu'on reçoit ont été ouvertes. Mais les matonnes (les gardiennes), celles à qui on parle, disent qu'elles ne s'en occupent pas beaucoup, sauf pour chercher de la drogue. Vers Noël elles se sont mises à tout lire et ça a provoqué une vraie émeute. Alors elles craignent un peu de recommencer.

2. Bien sûr, tout est vrai pour le basket. C'est notre grand frisson ici – si tu fais suffisamment de lèche, tu obtiens de jouer un match une fois par

semaine (dans la réalité, c'est plutôt une fois tous les quinze jours – à condition d'avoir du pot) avec une équipe du dehors. On ne joue jamais à l'extérieur malheureusement, sinon le car reviendrait à vide. Comme il y a un gymnase ici, les équipes du dehors peuvent venir. Toujours des adultes – les mineures de notre âge n'ont pas le droit d'entrer. La plupart sont des matonnes et leurs copines ou leur famille, ou des chrétiens, des gens comme ça. Mais ce qui est super avec le basket, c'est que c'est le seul sport où on joue dans la vraie compète, avec finales et tout. Les finales se jouent toujours ici, qu'on y participe ou non, parce qu'il paraît qu'on a le meilleur gymnase. Mais c'est peut-être parce qu'on leur fait pitié.

Le problème est qu'on risque d'être bientôt éjectées de la compétition – ils trouvent qu'on joue trop violemment. Tu parles, s'ils veulent voir ce que c'est la violence, ils devraient venir cinq minutes dans la cour. Là c'est rude. Comme les autres joueuses s'attendent à ce qu'on soit des vraies brutes, ils suffit que tu les effleures avec un ongle, et paf, elles tombent par terre et se mettent à pleurer. Je vais passer à la question suivante parce que ça me met la haine de penser à ça.

3. Pour le moment, je n'ai plus ma disserte sur ma mamie. La prof l'a encore. Mais dès que je la récupère... Oh, je ne sais pas. Ça me gênerait de te la faire lire.

4. Je pense que si mes lettres mettent si longtemps, c'est qu'ils ne se pressent pas de les envoyer. On les emporte au petit déjeuner pour les mettre dans une boîte. Après je ne sais pas ce qu'elles deviennent.

5. Une des crasses (c'est nous, les taulardes) m'a expliqué pourquoi on utilise une boîte postale : c'est pour que les gens ne soient pas gênés. Du genre, si ta grand-mère respectable va à la poste de son patelin avec une lettre adressée à sa petite-fille chérie à Garrett, ou si elle reçoit une lettre avec le nom de Garrett écrit au dos de l'enveloppe, tout le monde sera au parfum. Donc, ça passe par une boîte postale.

6. On a le droit de regarder la télé une heure l'après-midi après la classe ; une heure après le thé ; et une heure dans la journée pendant les week-ends. Mais elle est en noir et blanc. Pas de magnétoscope, même s'ils promettent qu'il y en aura. (Il ne faut pas longtemps ici pour savoir ce que valent leurs promesses.) Et c'est les pires bagarres pour décider ce qu'on va regarder. Quelquefois tout le monde est d'accord sur la même émission, mais pas souvent. La moitié du temps c'est la matonne qui décide, juste pour arrêter le bordel.

Dis donc, ça doit être ma plus longue lettre de toutes. Oh, au fait, dis à ton frère de s'éviter Ruxton s'il tient un peu à sa petite personne.

C'est le règne de la vaseline là-bas, crois-moi. L'enfer. Mais tu penses peut-être qu'il le mérite.

Je te laisse. À la prochaine,

Tracey

17 septembre

Chère Trace,

Merci pour ta lettre. Ça fait du bien. Hier soir je suis allée au jardin public avec le Chien Anonyme, pour lui courir après, lui lancer des bouts de bois et faire l'idiote, et tout en m'amusant comme ça j'ai essayé d'imaginer de ce que tu faisais au même moment (il était 17 h 25), à quoi ressemblait ton environnement et tout. Je ne sais pas pourquoi – sans doute le contraste entre le jardin public et Garrett. N'empêche que j'avais du mal à imaginer.

C'est drôle, je t'enviais tellement, avant. Tu avais l'air d'avoir tout – de l'argent, des animaux de compagnie, un cheval, des vacances formidables, des petits copains merveilleux, une famille chaleureuse. Trop beau pour être vrai. Peut-être que personne ne possède tout ça. Rien n'était vrai, n'est-ce pas ? Quand je te relis, j'ai l'impression que ces passages-là de tes lettres sont morts. Écrivais-tu tout ça parce que c'est ce que tu aurais aimé vivre ? Qu'en est-il, en vrai, de ta famille ?

C'est tout le contraire ? Je me suis posé la question quand tu m'as dit que tu ne recevais jamais de lettres. Peux-tu recevoir des visites ? En as-tu ? À part les joueuses de basket, bien sûr.

Maintenant quand je te parle de mes problèmes, ils me paraissent insignifiants. Même si Steve n'est pas un problème insignifiant, mais c'est le seul grave.

J'ai parlé à Maman hier soir dans la cuisine. Elle buvait un café en faisant des mots croisés – ces trucs mystérieux, qui n'ont pour moi aucun sens. Je la questionnais sur ses amies d'enfance et d'adolescence, pour savoir si elle avait été du genre premier prix de camaraderie ou si elles se faisaient beaucoup de crasses entre elles. Figure-toi que Rebecca est de plus en plus mauvaise avec moi ces temps-ci. Et Maman m'expliquait que ce n'était pas si compliqué de son temps. Que tout le monde était gentil parce que c'était une petite école, à la campagne, alors il fallait s'entendre avec les autres au risque, sinon, de se retrouver complètement isolé. D'après elle, sa vie était simple : ils allaient nager ou bien ils s'installaient au milk-bar après la classe. Aller voir un film était une vraie fête. Elle a ajouté qu'à l'époque, ils n'avaient pas l'impression que leur vie était simple mais que quand elle la compare à ce qui se passe aujourd'hui, elle s'en rend compte.

Peut-être qu'à 45 ans on regardera en arrière et

on pensera que notre jeunesse était simple. Enfin, j'en doute. La drogue, la violence, la pornographie, le sida, la couche d'ozone... C'est trop pour moi. Aujourd'hui, en cours de bio, Paul Bazzani a demandé : « M'sieur, est-ce qu'on peut attraper le sida en tuant un moustique et en le mangeant ? » Authentique, qu'est-ce qu'il peut être ras les pâquerettes. Mais enfin, il nous a fait rire.

En parlant de porno, il y a un film ce soir vers minuit, *Filles au pénitencier*. Tu l'as vu ? J'ai l'impression que ça se veut porno. Mais à mon avis ça ne ressemble pas beaucoup à la vie à Garrett. Ce qui me fait penser : quand sors-tu ? Et ma dernière question pour cette lettre : quelle est la date de ton anniversaire ? J'espère que je ne l'ai pas loupé.

C'est l'heure d'aller au lit. À une autre fois. Porte-toi bien, Trace – très, très bien.

Affectueusement,

Mandy

P.S. : As-tu les mêmes trimestres que nous ? On finit vendredi. Mais on ne s'en va pas.

14 septembre

Chère Mandy,

Encore deux jours de classe. Oui, nous avons les mêmes trimestres que vous. Ces vacances-là, je vais les passer à Bali avec mes parents si gentils et si riches et mes adorables frère et sœur. Oh, sans oublier mon amant Casey – celui qui ressemble à Jim Morrison. Mais ne t'en fais pas, je te rapporterai quelques cadeaux : une télé couleur, un lecteur CD, un parfum français, des vêtements – bref, des babioles achetées avec mon argent de poche...

Tu sais ce que j'aimerais, là, tout de suite ? Une pizza Suprême, taille familiale, avec du fromage caoutchouteux, et des tonnes de salami, de tomates, d'anchois, de champignons. Et couverte d'olives. As-tu vu cette pub à la télé où des mecs coincés sur un canot de sauvetage décrivent l'un après l'autre le repas qui les fait rêver ? On devient dingues quand elle passe. Tout le monde hurle et balance des trucs sur la télé.

C'est qu'on finit par être obsédé par la nourriture, ici. Ça devient la chose importante de la vie. Oh, je sais pas trop, je suppose que le sexe a aussi une cote élevée. Mais la bouffe ! Je donnerais un an de ma vie pour une pizza. Ce n'est pas qu'on ne nous donne pas à manger, au contraire, mais c'est dégueulasse. Ce soir, typique : saucisses et trois légumes. Sauf que les saucisses étaient grosses et pleines de gras et les légumes spongieux, pleins de flotte. Il y a toujours du pain, de la confiture si tu es assez rapide pour l'attraper, et du lait, alors évidemment tu te bâfres avec ça. Et puis tu grossis et ta peau est de pire en pire. Je ne te raconte pas les boutons sur la figure de certaines filles.

Il faut sans doute que je réponde à tes questions. Tu poses plus de putains de questions qu'un psy. Mon anniversaire tombait le 6 juillet. J'ai eu 16 ans. Tu l'as raté mais ne t'inquiète pas, j'ai eu des tas de cadeaux : un nouveau cheval, une paire de skis, une carte de crédit à mon nom. Pour mes 18 ans, mon père m'offrira une BMW...

Tu piges maintenant comment je me débrouille pour ne pas péter les plombs ?

Je hais ça, je hais ça, putain de bordel de merde je hais. Je ne peux plus écrire.

24 septembre

Chère Trace,

Ta lettre m'est arrivée aujourd'hui, troisième jour des vacances. Tu me parais plutôt désespérée. J'espère que ça va. Continue d'écrire, quoi que tu fasses. J'aimerais tant pouvoir t'aider, je me sens si impuissante. Acacia Park paraît tellement loin de Garrett, et pas seulement en kilomètres, même si ça compte aussi.

J'ignore ce que tu as fait pour te retrouver là-bas mais je ne peux pas croire que ce soit si terrible. Je pense que tu as seulement dû avoir de mauvais passages. Je ne peux pas croire que tu sois une personne nuisible – j'ai le sentiment de bien te connaître maintenant.

Bon, et après? Tu avais envie que j'écrive sur ma vie «normale», je vais essayer. Mais si c'est ce que tu veux, tu dois prendre le paquet entier. Je ne vais pas laisser de côté les aspects noirs ou les sales moments sous prétexte que tu préfères croire que la vie est heureuse et paisible. Ce n'est pas vrai. Ici dans les banlieues... on vit plein de moments atroces. Enfin, tu dois être au courant. Où habitais-tu avant qu'on t'envoie à Garrett?

N'empêche, ça va bien actuellement. Papa m'a décroché deux jours de boulot à l'hôpital en remplacement d'une fille qui s'est tordu la cheville. Je commence demain. De toute façon, j'étais censée faire un stage en entreprise pendant ces vacances, et comme je n'avais rien démarché, je m'en tire plutôt bien. Et l'argent! Le fric chéri! J'espère que la dame va se casser l'autre cheville et rester absente quelques semaines. Non, pas vraiment. Mais j'ai hâte.

Cheryl doit passer dans une minute, alors cette lettre sera courte par rapport à d'habitude. On va chez un ami. J'ai le ticket en ce moment avec un gars de terminale qui s'appelle Adam Tisdall. Et j'ai des suçons pour le prouver. Quelqu'un m'a dit de mettre du dentifrice dessus mais je ne sais pas ce qui est pire entre se balader avec des suçons dans le cou ou arborer de grosses fientes de dentifrice. Toujours est-il que Cheryl sort avec un copain d'Adam, Justin Smith, qui était en terminale l'an dernier et qui maintenant est en apprentissage de tôlerie. Ils sont tous les deux sympas, et tellement drôles que tu en mouilles ta culotte quand tu es avec eux. Seulement parce qu'ils sont marrants, figure-toi.

Je viens de me rendre compte de l'heure. Je dois filer. Ça me paraît si injuste d'aller m'amuser alors que toi tu ne peux pas. Je me répète mais j'aimerais tant pouvoir dire ou faire quelque chose qui te remonterait quand tu as le moral à zéro. J'espère que les choses se seront améliorées quand tu recevras cette lettre. Mais je sais que le temps n'arrange pas tout – les mots non plus.

À la prochaine…

Avec mon affection,
Mandy

26 septembre

Chère Mandy,

Je pense qu'il n'y a aucune raison de continuer. C'est tellement faux. Tu crois que je suis quelqu'un de bien qui a traversé une sale passe ? C'est comme tu veux, tu sais, continue à croire ça si tu y tiens, ça te regarde. Tu parles des aspects noirs de ta vie – tu ne sais pas ce que c'est. Ici c'est un trou et je suis la plus belle salope qui s'y trouve. Si seulement tu savais. Tu es la seule personne avec qui je sois... je ne trouve pas le mot... avec qui je sois douce. Simplement parce que tu n'es pas là. Si tu y étais, tu me verrais telle que je suis, et si tu ne me voyais pas tu entendrais parler de moi.

Je ne suis pas en train de geindre. J'ai mérité ce qui m'arrive, peut-être encore plus. Mais ça me rend malade de jouer la comédie avec toi. Et j'ai les jetons de m'adoucir, à force de t'écrire. Je ne peux pas me permettre ça. Je suis enterrée ici, et tout ce qui compte pour moi c'est d'être la terreur du bloc. Ce que je suis. Et j'adore. Et va te faire foutre.

T.

1er octobre

Tracey, ne m'écris plus ce genre de conneries. Je ne marche pas. La vérité c'est que tu n'as rien déguisé du tout. Tu as simplement laissé apparaître ton bon côté. Et à cause de ça, tu as la trouille que les gens pensent que tu es faible. Mais je vais t'apprendre un truc : tu ne peux plus t'en débarrasser, parce que c'est là, c'est une partie de toi, et ça va continuer à sortir, malgré tout ce que tu feras pour essayer d'aller contre. Comme un bouton sur ta peau. Alors arrête de le combattre. Et dans la foulée j'ai un autre truc à t'apprendre :

je vais continuer à t'écrire, quoi qu'il se passe. Même si tu ne réponds pas. Je continuerai, comme j'ai fait avant. Parce que tu m'as fait entrer dans ta vie, et maintenant je te colle, que ça te plaise ou non. Alors va te faire foutre.

Passons à ma vie, à mon ennuyeuse famille et à mes amis, à ma «normalité». Tu as le droit de poser tes fesses pour continuer à lire, mais ne t'avise pas de lâcher cette lettre. D'accord. Par où je commence?

Primo: j'ai travaillé trois jours à l'hôpital gagné 261$, 208$ net. Ça a été super même si j'étais crevée. J'ai fait toutes sortes de jobs, depuis nettoyer le sang et le vomi jusqu'à faire manger des petits vieux qui n'ont plus de dents. Mais c'était chouette. Un des petits vieux qui devait avoir quatre-vingt-dix ans a flashé sur moi, il insistait pour avoir mon numéro de téléphone, etc. Et j'ai rencontré Paul Strazzera qui était là pour se faire refaire le genou. Je lui ai demandé un autographe. Il était tellement sympa! J'ai aussi appris à faire marcher un standard (je suis devenue copine avec une fille qui y travaillait). Je me suis éclatée!

Deuzio: Adam Tisdall continue à occuper mon paysage. Je l'ai vu tous les jours quand je travaillais à l'hosto. Je le revois demain et on a prévu d'aller dans un genre de night-club le week-end prochain (sauf que mes parents ne sont pas encore au courant).

Tertio : le chien vient de casser un des plats préférés de Maman – il s'est morflé la table en essayant d'attraper une mouche, ce qui réduit désormais son espérance de vie de cinquante pour cent.

Quarto : Steve a été vraiment gentil avec moi aujourd'hui – il m'a acheté le premier album d'Aphrodite, *Anodyne Necklace**, parce qu'il l'a vu en promo et il savait que je le voulais. J'ai failli en tomber dans les pommes.

Voilà l'état des lieux. Tel quel. Aie la grande bonté de me répondre.

À toi fidèlement (tu as intérêt à le croire),

Mandy

3 octobre

Mandy, il s'est passé une chose fantastique. Tellement géniale que je dois me pincer. Je ne peux même pas te raconter pour pas que ça disparaisse. Je t'écris demain.

Bises,

Tracey

P.S. : Merci pour ta lettre.

* Collier apaisant.

5 octobre

Chère Mandy,

Tu ferais bien de garder toutes nos lettres, môme, et te préparer à les vendre à prix d'or dans quelques années parce que je vais devenir célèbre ! (Pas comme je l'ai déjà été, nuance.) Tu te souviens de ma disserte ? « Continuer d'avancer jusqu'à ce que toute vie s'arrête » ? Eh bien, notre prof d'anglais, Mrs McKinnon, l'a proposée à un concours comme elle avait dit. Et mon texte a gagné ! Elle me l'a annoncé mercredi mais je n'y ai pas cru avant que la lettre arrive aujourd'hui. Je vais recevoir 500 $ (pas que ça me soit bien utile ici), plusieurs livres (non plus), et le mieux : mon histoire va être publiée dans un livre qui paraîtra l'année prochaine. Tu te rends compte ? Moi pas. Ce qui me plaît, c'est qu'ils ne savent pas que je suis à Garrett – Mrs McKinnon s'est servie de la boîte postale –, donc ce n'est pas une manip de charité. Ils ont dû penser que j'étais n'importe quelle petite nana.

Après tout ça, il est temps que je te la fasse lire. Voilà :

CONTINUER D'AVANCER
JUSQU'À CE QUE TOUTE VIE S'ARRÊTE

– Où sommes-nous aujourd'hui, Mamie ?

Elle a posé sur moi son regard vague, fatigué, et m'a répondu :

– Ne fais pas l'idiote, Jan. Et ne t'en va pas courir partout. J'ai beaucoup de courses à faire et je ne veux pas rater le car de quatre heures. Aide-moi plutôt à porter les paquets.

Le seul problème était que nous ne faisions pas les magasins et que je ne m'appelle pas Jan. Jan, c'était ma tante, morte depuis des années.

Je venais voir Mamie chaque jour, je restais assise auprès de son lit pendant des heures, à lui parler. Je pense qu'elle ne comprenait pas grand-chose. Un instant, elle croyait que nous étions en train de regarder la télé à la maison ; l'instant d'après, elle me préparerait pour l'école (en me prenant pour ma mère) ; un peu plus tard, nous serions chez les voisins, à boire le café.

En réalité, Mamie ne se trouvait ni là ni ici. Elle était à l'hôpital. Elle s'était fait renverser par un gamin en deux-roues et s'était cassé le col du fémur. On l'avait opérée, mais à son réveil son esprit s'était en allé. Chaque jour ressemblait à l'autre : son état ne semblait pas s'améliorer.

Un après-midi, j'étais là quand le médecin est venu l'examiner. Il m'a parlé.

– Elle peut continuer comme ça pendant longtemps. C'est comme si tout l'avait quittée mais son corps est encore en vie. Son cœur bat. La machine tourne mais l'usine est fermée.

Je l'ai trouvé cruel de parler ainsi devant elle, mais sans doute ne comprenait-elle pas.

Quand Mamie a cessé de manger, j'ai commencé à faire des marchés avec Dieu.

« Si tu fais qu'elle se remette à manger, j'arrête de fumer. »

Le lendemain, j'ai rencontré l'infirmière en arrivant.

– On a été bien gentille aujourd'hui, m'a-t-elle dit. On a pris un sandwich et un bol de bouillon.

J'ai arrêté de fumer.

Un soir, quelques jours plus tard, je rentrais à la maison en bus, après ma visite à Mamie. Son état était désespéré – elle parlait à son reflet dans le miroir, délirait à propos d'hommes qui lui faisaient des propositions. Je crois qu'elle ne savait même pas que j'étais dans la pièce. C'était déprimant. J'ai passé un autre marché.

« Si tu fais qu'elle me reconnaisse, j'arrête de sécher les cours. »

C'était vendredi. Le dimanche, j'étais là depuis une demi-heure quand soudain elle a ouvert les yeux et m'a dit, de sa voix normale, claire :

– Tiens, Tracey chérie. Ça fait longtemps que tu es là ?

– Quelques minutes seulement. Tu dormais.

Nous avons parlé pendant dix minutes environ avant qu'elle s'assoupisse. Elle savait où elle était, elle savait ce qui lui était arrivé, elle m'avait questionnée sur tout le monde et comment ils allaient. Un petit moment seulement, elle s'était embrouillée, quand elle avait cru que Papy était encore vivant.

À peu près à cette période de ma vie, je m'étais liée avec un gars qui s'appelait Blue, et avec ses copains. Ils n'avaient pas très bonne réputation, et c'est peu de le dire. Ils étaient beaucoup plus âgés que moi et possédaient tous des motos, de grosses motos. Ils formaient ce qu'on appelle une bande. Tout le monde me disait de rompre avec eux – les éducateurs, mes professeurs, même des amis me conseillaient de ne pas me laisser entraîner.

Alors j'ai fait un dernier marché avec Dieu.

« Fais que Mamie aille mieux et je plaque Blue. »

Mamie est morte cinq jours plus tard, pendant que je lui tenais la main. Le même médecin était là. Il a dit :

– Tout finit par s'arrêter. Pas la peine de pleurer.

Je ne pleurais pas. Blue et ses copains partaient le lendemain pour le Nord. Je suis partie avec eux, derrière Blue sur sa BM. Nous avons tellement ri.

Et voilà le travail. Plutôt merdique, hein ?

À une prochaine.
Affectueusement,
Trace

P.S. : C'est la première fois que je gagne quelque chose. Dire qu'il a fallu que je vienne ici pour que ça m'arrive. Marrant.

8 octobre

Trace, que s'est-il passé ? Ne me fais pas des coups pareils. Écris-moi IMMÉDIATEMENT, d'ac ? J'espère que c'est quelque chose de vraiment bien. Ton mot si court m'a rendue dingue! Le facteur a intérêt à passer demain! Suis à la bourre. Bises, *M.*

10 octobre

Chère Trace,

AAAAAAAAAAAAAAAAAAAAGGGGGHHHHHHHHHHHHHH! Entends-tu mes hurlements, même du fin fond du Bloc A? Il faut que oui! Je suis plus heureuse que si c'était moi qui avais gagné! Sérieux, tu partais gagnante. Ton histoire est tellement fantastique, elle ne pouvait pas perdre. Ça m'a fait pleurer – tu es vraiment capable d'écrire.

Quand sort ce livre exactement? Je ne tiens plus. J'en achèterai plein d'exemplaires et je les distribuerai à tout le monde en disant: «Je connais l'auteur! Je la connais! Quelqu'un de célèbre!» J'espère que ce sera édité en poche, histoire que j'aie les moyens.

Comment se fait-il que l'argent ne te soit pas utile à Garrett? Tu n'as pas le droit d'en avoir? Dis donc, ils m'ont l'air raides.

Je ne me sens pas de te demander ce qu'il y a de vrai dans ton histoire. Enfin, si, je m'en sens. Qu'y a-t-il de vrai dans ton histoire? Tu n'es pas obligée de répondre si tu n'en as pas envie.

D'ailleurs, je sais que tu es très forte pour ne pas répondre – je t'ai déjà questionnée sur ta famille et jusqu'à présent tu t'es débrouillée pour garder un silence radio.

J'aimerais avoir quelque chose d'excitant à te raconter, mais la vie est mortelle. Je n'ai rien gagné, c'est sûr. C'est le troisième jour de rentrée. Tu te rends compte qu'on passera en première à la fin de ce trimestre ? J'ai l'impression de commencer tout juste le secondaire. On dit que le passage de seconde en première est plus marquant que de première en terminale. On le saura bientôt.

Je suis toujours avec Adam mais Cheryl a eu une passe chaotique avec Justin. Rebecca nous fait une mononucléose, pas trop grave, mais elle n'est pas encore revenue. Ce soir je vais chez Mai Huynh pour l'aider en anglais. Dommage que tu ne sois pas là – tu nous aurais fait le cours. C'est la première fois que je vais voir ses parents – ce sera intéressant.

Bon, Trace, je dois te dire, je suis honnêtement en extase devant ton histoire. Tu pourrais devenir plus grande que Virginia Andrews. En fait tu écris beaucoup mieux que Virginia Andrews. Alors, continue d'avancer jusqu'à ce tout s'arrête. O.K. ?

Des tonnes d'amour,

Mandy

12 octobre

Chère Mandy

Merci beaucoup pour ta lettre. Tu sais bien dire les choses. Sauf que remporter ce truc n'a pas été si génial que ça. Je ne l'ai dit à personne ici, mais Mrs McKinnon s'en est chargée. Et figure-toi que ça a mis dans la tête de certaines matonnes et même de certaines crasses – c'est nous – que j'étais en train de m'adoucir. Ouais, ouais, d'accord, c'est ce que tu me disais dans une lettre. Alors tout le monde s'est mis à me faire de la lèche, si bien que j'ai été obligée de leur faire mon numéro, en grand, pour qu'elles sachent que je restais aussi salope qu'avant. Ce qui fait que je me retrouve en CP – Corvées Punitives – et j'ai bien failli écoper de pire.

CP (Conneries Pures), ça veut dire que tu récures les sols, les toilettes et le reste. Ça peut être tranquille ou hyper-pénible, selon sous les ordres de qui tu te retrouves. Aujourd'hui, c'était Mrs Neumann, mauvais pour moi. Elle me hait. Alors chaque fois que je terminais quelque chose, je m'entendais dire : « Recommence. » Sans raison, sans explications, juste « recommence ». Je suis morte, ce soir. À la fin, elle m'a dit : « Maintenant tu vas pouvoir écrire une histoire sur les CP. » Tu apprécies l'humour.

Il y a plusieurs mois, elle est venue dans la salle

commune. C'était samedi après-midi et c'était notre grand moment de la journée, l'heure de télé. Elle a dit qu'elle avait un message téléphonique pour moi. On n'a pas le droit de parler au téléphone mais les gens peuvent laisser des messages s'il y a quelque chose d'important. J'ai tendu la main sans la regarder, elle a explosé. Elle s'est mise à hurler, et pour qui je me prenais et qu'elle allait me remettre à ma vraie place. Que je me croyais très forte, la dure des dures et tout ça. Et puis elle a fini par dire que si je voulais mon message il fallait que je me mette à genoux. Je suis restée sans bouger sur ma chaise pendant trois minutes, puis je me suis agenouillée. Personne saura jamais ce que ça m'a coûté. Mais Mandy, j'étais là depuis six mois, sans contact avec personne, sauf tes lettres. Alors je l'ai fait. Même si c'était devant toutes les autres, je l'ai fait quand même.

Mais ça ne lui a pas suffi. Elle jouissait. Plus personne ne regardait la télé – c'est moi qu'on regardait. Elle a dit: «Les mains aussi par terre, Tracey.» Puis elle a remis ça comme quoi elle allait m'apprendre où était ma place. J'étais toujours à genoux, elle a répété: «Les mains aussi, à quatre pattes si tu veux ton message.»

Ça, je ne pouvais pas. J'étais agenouillée, je ne l'écoutais qu'à moitié, et je lui ai foncé dessus. Mais elle s'y attendait. Elle a sauté en arrière, d'autres filles m'ont attrapée, m'ont traînée dans ma cellule où je suis restée le week-end. Je n'ai plus jamais entendu parler de mon message téléphonique.

Le lundi, je le lui ai demandé poliment mais elle est passée sans me regarder. Le problème c'est que je ne sais même pas s'il y avait vraiment un message. Elle peut avoir tout inventé, pour me piéger.

Pourquoi je te raconte ça ? Ah oui, pour te dire quelle salope c'est, cette Mrs Neumann. Pour te dire que ce n'est pas vraiment des parties de rigolade ici pour moi.

Mandy, peux-tu m'accorder une grande faveur ? S'il te plaît ? C'est la seule fois que je te demande quelque chose (je crois). Peux-tu acheter une bouteille de champagne et la boire pour moi, pour fêter ça ? Avec des amis, si tu veux, mais sans leur dire la raison. Puis tu m'écris pour me raconter. J'aimerais vraiment que tu le fasses.

Affectueusement,

Trace

21 octobre

Chère Trace,

Mille mercis pour ta carte. Je ne pensais pas que tu t'en souviendrais. Elle est belle – tu es une vraie artiste. Voilà au moins deux domaines où tu es douée. Est-ce toi qui as écrit le poème? Il est si drôle.

Pour une fois, j'ai eu un anniversaire sympa. Nous étions une vingtaine pour un barbecue. Maman et Papa se sont faits discrets, Steve boudait dans sa chambre (ses exams commencent bientôt), Katrina était à la maison. Donc, tout était bien. La fête a duré jusqu'à une heure du matin. Adam est venu, il m'a offert une belle chaîne en argent. Il devient accro. Les parents m'ont acheté un vélo – un bon, une fois que j'aurai compris comment utiliser les vitesses. En tout cas, ça a deux roues, une selle, une chaîne, un guidon, tout, donc je n'ai pas à me plaindre. Non, sérieux, c'est moi qui l'avais demandé. Je veux entretenir ma forme. Steve m'a offert un casque pour aller avec le VTT, mais c'est forcément les parents qui l'ont payé. De Katrina, j'ai eu deux chemises géniales. Une noire un peu style cowboy, à revers argenté, avec une grosse étoile de même couleur sur le sein gauche, l'autre à fines rayures rouges, blanches et bleues, avec deux poches, des manches courtes, vraiment chicos. Ma sœur est tellement sympa – elle est toujours fauchée et ça a dû lui coûter une fortune. Il faudra que je lui trouve quelque chose de fantastique pour Noël.

Sinon j'ai reçu plein de petits cadeaux des invités, et un livre de Cheryl: *La Conjuration des imbé-*

ciles, qui m'a l'air pas piqué des vers. Mai m'a offert un joli vase vietnamien, très fin, décoré de minuscules fleurs bleues. Et Naomi Barker un CD de Power without Glory que je n'avais pas. (*PWG* – leur deuxième. Celui où il y a *Dining at the Y.*)

Puis samedi soir, Adam et moi sommes allés à un bal de fin d'année organisé par les terminales. Leurs adieux, en quelque sorte. Le plus rigolo c'est que j'y suis allée et pas Steve. Mais tout ça pour te dire que, en chemin, j'ai demandé à Adam de s'arrêter à un magasin d'alcools et d'acheter une bouteille de champagne. On est descendus au bord de la rivière, où il y a plein de place. J'avais apporté deux verres de la maison et on est restés là pendant une demi-heure à parler et à boire. Adam a eu beau demander plusieurs fois la raison, je ne lui ai rien dit. Mais je t'ai porté un toast, en silence.

Voilà ce qu'a été ta fête. Pas aussi bien que tu le mérites mais le mieux que je pouvais. J'espère que ça t'a plu.

Tu sais, ton histoire avec Mrs Neumann – franchement, je crois que je ne survivrais pas là-bas. J'y ai beaucoup pensé. Je n'arrivais pas à dormir le soir où j'ai lu ta lettre. Pourquoi les gens agissent-ils de cette façon ? Comment en arrivent-ils à faire des choses pareilles ? Je ne comprends pas la race humaine. Mon chien semble meilleur qu'eux. Je ne sais pas comment tu peux endurer ça jour après jour.

Je sais qu'il s'agit encore d'une question délicate, et de toute façon tu les ignores quand tu n'as pas envie de répondre, mais y a-t-il une chance que tu sois sortie pour Noël ? Il paraît que de nos jours les peines sont tellement réduites pour bonne conduite que les gens ne restent jamais longtemps enfermés.

Je pense à toi. Porte-toi bien.

Affectueusement,

Mandy

23 octobre

Chère Mandy,

Non, je ne serai pas sortie pour Noël. Pour obtenir des remises de peine pour bonne conduite, il faut que ta conduite ait été... bonne. De toute façon, pourquoi crois-tu que je suis ici ? Pour avoir piqué un Mars ? Pris le train sans billet ? Pas rendu mes bouquins de bibliothèque à la bonne date ?

Je ne veux pas te vexer, Mandy, mais tu m'as l'air sacrément naïve quelquefois.

C'est marrant, je me donne beaucoup de mal pour ne pas me plaindre de ce trou quand je t'écris. Je ne veux pas que tu saches à quel point c'est moche. Et je me donne beaucoup de peine pour être « sympa ». Pour ne pas te faire fuir. Mais je suppose qu'il y a quand même des trucs qui s'échappent.

Merci d'avoir bu le champagne pour moi. Je savais pouvoir compter sur toi. Je te revaudrai ça un de ces quatre.

Je me demande s'ils n'ont pas raison ici sur moi, si je ne suis pas en train de m'adoucir. Une nouvelle est arrivée, Anita Kelly, qui se crève le cul (et elle en a un qui se remarque) pour être la pire terreur qui ait jamais mis les pieds à Garrett. Pour y arriver, il va falloir qu'elle me passe devant. Et tu sais quoi ? Je pourrais bien la laisser faire. De toute façon, je n'ai plus envie, bizarrement. Je la regarde et je pense : « Vas-y, Anita. Si ça t'amuse, je te laisse la place sans problème. Elle est chaude. » Franchement, c'est la pire salope que j'aie vue. Elle est ici pour « vol avec coups et blessures » – tu as dû voir ça aux infos. Ça a craint.

Puisque je suis d'humeur à parler de ce trou, je vais répondre à certaines des questions dont tu n'arrêtes pas de me bombarder. Mais il y a des choses dont je ne peux pas parler, d'accord ? En particulier toutes les histoires de famille.

Donc, première question : quand est-ce que je sors d'ici ? Facile. Je mets les voiles le jour de mes dix-huit ans. L'heureux jour de mon anniversaire. Oui, madame, je file d'ici... pour prendre mes quartiers de l'autre côté de la rue, à la prison pour femmes Macquarie. Et je resterai là-bas jusqu'à l'âge de vingt ans et quatre mois, plus ou moins quelques années.

Nous avons droit aux visites une fois par semaine, mais ici (en Haute Sécurité), il faut qu'elles soient approuvées, et on se parle à travers un écran. De toute façon, personne ne vient me voir.

Tu m'as demandé aussi où j'avais habité. Disons que j'ai pas mal bourlingué. Le dernier endroit où j'ai habité dans une vraie maison, c'était à Jefferis avec Mamie. Mais mon endroit préféré, c'était Mt Vickers. On y est restés trois ans, quand j'étais môme. C'était tellement bien. Tout le monde était gentil, tout le monde connaissait tout le monde, et il y avait un lac immense où on allait nager et faire du ski nautique. J'y pense souvent. C'est là que j'ai été le plus heureuse.

Le livre avec mon texte doit sortir aux alentours de juin. Ça fait long à attendre. Ça s'appellera *Pièces et morceaux*. Il y aura des nouvelles et des poèmes d'un peu partout. Ce sera d'abord en grand format, ensuite en poche. Mrs McKinnon dit que je recevrai quelques exemplaires gratuits, pas beaucoup. Il faudra que je signe un contrat ou bien un tuteur quelconque le signera pour moi. Grand moment!

L'argent ira sur un compte en fidéicommis,

c'est-à-dire que je le toucherai plus tard. Dans les autres blocs, on a le droit d'avoir de l'argent – les filles peuvent cantiner deux fois par semaine – mais pas au Bloc A. Les vendredis, on nous fait l'aumône : tu as le choix entre deux plaques de chocolat ou deux paquets de clopes. Je prends un de chaque en général. (Sauf que si tu as été de CP cette semaine-là, tu sautes la distribution.)

Quant à ce qu'il y a de vrai dans mon texte – presque tout est vrai. Assez proche de la vérité. Blue ne s'appelait pas Blue, il n'avait pas de moto, et il n'avait pas de bande. Juste moi.

Et c'est moi qui ai écrit le poème pour ta carte d'anniversaire. Contente qu'il t'ait plu.

Bon, c'est tout ? Je peux m'en aller maintenant ? Non, sérieusement, ça ne me gêne pas que tu poses des questions. Tant que je peux choisir celles auxquelles je réponds.

À plus tard !

Affectueusement,
Trace

29 octobre

Chère Trace,

Je te remercie d'avoir répondu à tant de questions. Je crois être naturellement indiscrète. Tant pis s'il y a des trucs dont tu ne veux pas me parler. Ça te regarde.

Mais je te l'avoue, j'ai tellement peur parfois. Et si je dis ce qu'il ne faut pas dire? Et si j'allais tout gâcher? Ce qui m'effraie le plus, je vais te le dire: c'est toutes tes insinuations, si obscures, à propos de ce que tu as fait pour te retrouver là. Je ne savais pas que tu devais aller à la prison pour femmes. Ça me fait peur. Tu as dû commettre une chose vraiment terrible. Pas une fois tu n'as laissé entendre que tu n'avais pas fait cette chose, quelle qu'elle soit – que tu étais innocente ou je ne sais quoi. Où j'en suis dans tout ça? Déboussolée, dans le bleu. Continuant à penser que tu es une amie, quelqu'un en qui j'ai confiance (même si tu en as fait des kilos pour entamer cette confiance), quelqu'un qui est, je sais pas trop, fondamentalement bien.

Mais peut-être que non. Peut-être que mon instinct me trompe. Je sais que je ne dois pas me laisser aller à croire ça, sinon le monde s'écroule et je n'ai rien à quoi me raccrocher. Il faut que je continue à croire en toi ou je ne peux plus croire en moi-même. Je ne comprends pas trop ça, mais c'est la vérité. J'ai besoin de croire que si tu as fait quelque chose d'affreux, c'était parce que tu étais à côté de tes pompes ou sous l'emprise de la drogue ou que tu as eu une enfance malheureuse ou que tu t'es fait laver le cerveau par une secte ou un truc dans le genre. Et, peut-être le plus important, que maintenant tu regrettes ce que tu as fait.

Je ne veux pas dire par là «pardon-je-le-ferai-plus» comme on disait à la petite école, ou que tu regrettes d'avoir été arrêtée et emprisonnée pour si longtemps. Je parle du regret profond, sincère, qui fait de toi une personne différente, meilleure à cause de ce que tu as fait. Je sais que quand on fait du mal à quelqu'un, souvent on ne peut pas réparer, alors on répare dans la mesure de ses moyens, on fait ce qu'on peut, et puis on va agir dans d'autres domaines pour compenser. Par exemple, si j'ai dit quelque chose de cruel à Maman, ce qui m'arrive parfois, tellement cruel que je sais qu'elle ne l'oubliera pas, je m'excuse et ensuite je vais désherber le jardin ou un truc dans le genre.

Je ne le fais pas exprès, ça se passe ainsi. C'est seulement en te l'écrivant que je l'ai compris.

Aussi – voilà la chose importante que j'avais à te dire – tu n'as pas l'air tellement désolée dans tes lettres. Comme si tu t'en fichais un peu.

Voilà où j'en suis, moi la personne normale, vivant ce que tu appelais une vie normale, à me demander comment me dépêtrer avec tout ça. Je suis de ces ados qu'un prof de l'an dernier qualifiait poliment de «à développement tardif» (tu vois, tout le monde a une étiquette à me coller), et parfois j'ai l'impression qu'il s'est produit trop de choses en trop peu de temps. Il faut sans doute que je m'adapte.

Maman me dit parfois: «Relax, mon chat. Tu es lugubre en ce moment.» Et c'est souvent après avoir reçu une lettre de toi. D'une certaine façon, j'aimerais pouvoir redevenir une gamine heureuse et innocente, mettre mes poupées au lit, raconter l'école à Maman, passer des heures à faire une jolie frise. Mais on dirait que tout est devenu sérieux maintenant – pesant, sinistre.

Avant je regardais les rides sur le front des adultes et je les trouvais tellement laids, et comme Maman m'expliquait que tous ces plis venaient à force d'inquiétude, je pensais: «Quand je serai grande et que j'aurai des soucis, je ne froncerai pas le front ou les sourcils, comme ça je n'en aurai pas, des rides.» Aujourd'hui je me dis que ce n'est pas si facile.

Ce qu'il y a de plus effrayant dans ma vie, c'est Steve, et si tu étais une véritable amie j'arriverais à te parler de lui dans mes lettres, et tu comprendrais, et la façon dont tu me répondrais montrerait que tu comprends. Mais tu ne m'as jamais répondu comme ça. Et depuis que je sais que tu es à Garrett, c'est encore plus difficile de t'écrire à propos de Steve. Comment ça se fait? Je ne comprends pas.

Bon, j'allais m'excuser pour cette lettre tellement sérieuse. Mais finalement je ne m'excuse pas. Pour te dire la vérité, en l'écrivant je me disais que je ne te l'enverrais pas. Ça m'a donné le courage de la continuer. Et finalement, je te l'envoie, je crois, et sans la relire. Ce qui m'évitera de me remettre à couper les cheveux en quatre.

Donc... fin de la lettre.

Porte-toi bien,
Mandy

8 novembre

Chère Mandy,

Il m'a fallu longtemps pour répondre à ta lettre. J'espère que cette fois-là sera la bonne. Tous les essais précédents ont fini à la poubelle.

Quand j'ai commencé à lire ta lettre, je suis entrée dans une telle rage que j'ai eu du mal à terminer. J'avais l'impression que tu me laissais tomber. Comme si tu me faisais la leçon. J'ai pensé: «Putain, pour qui elle se prend? Elle se croit chargée de ma réinsertion?» Puis c'était comme si tu me disais que je bousillais ta vie.

J'étais si furax que j'ai balancé ta lettre. Avec l'intention de ne jamais plus t'écrire.

Le lendemain matin, je nettoyais ma cellule pour l'inspection, la poubelle est passée et au dernier moment j'ai récupéré ta lettre. En me disant que j'aurais peut-être envie de vérifier quelque chose avant de la jeter en vrai.

Je l'ai gardée deux jours, puis en fin de semaine je me barbais tant et je devenais tellement dingue à force de ne rien faire que je l'ai relue. Ça m'a encore fait exploser, mais au moins quand tu exploses tu sais que tu es vivante. Et c'était mieux que de regarder Anita Kelly se pavaner.

Mais maintenant, même maintenant, à ce stade de ma lettre, je suis infichue de savoir quoi dire. Je ne veux pas te perdre, Mandy – tu es ma copine. Les gens ne m'aiment pas trop ici. Je leur donne les jetons mais ils ne m'aiment pas. C'est dur d'écrire ça mais c'est la vérité. Sûrement je pourrais dire : « Ouais, je suis désolée de ce qui s'est passé, je regrette ce que j'ai fait, mais c'était la faute de Raz au fond, je ne savais pas que ça irait aussi loin, et j'ai pris ça pour une blague au début et, d'accord, j'étais sous son influence », mais en fait, Mandy, je n'ai plus envie de te raconter des salades, je veux que les choses soient claires entre nous. Et bizarrement je ne sais plus ce qu'est la vérité. Tu es paumée ? Je suis paumée. Je ne sais pas pourquoi je l'ai fait. Tu penses que je n'y ai pas réfléchi. Si, j'y ai réfléchi. Et je ne sais toujours pas.

Autre chose, je ne sais pas si je regrette ou non. Je suis trop furieuse pour avoir des remords. Je crève tellement de rage d'être ici que je ne peux pas penser regret. Je ne veux pas être ici. J'ai envie d'être dans la rue. J'ai envie d'être dans un bus.

M'asseoir à l'arrière du bus, faire des blagues, échanger des clopes, titiller un peu les mémés, les gays, les alcoolos et les petits gamins. Je voudrais reluquer un beau mec avec un joli petit cul rebondi. Je voudrais allumer la télé et regarder n'importe quelle niaiserie que j'aurais choisie. Je veux retourner au centre d'équitation avec le petit copain que j'avais et monter ce superbe cheval bai qui s'appelait Dillon, qui me reconnaissait toujours, qui se souvenait de moi. Je veux savoir ce qu'est devenu Marvin, mon chat, le seul animal que j'aie jamais eu à moi, et qui l'a pris, ou s'ils l'ont tué, ou ce qui lui est arrivé.

Je veux savoir comment tout s'est mis à aller de travers. Comment ça se fait que je vais rester enfermée encore quatre ans, alors que j'aurais dû avoir quatre ans de liberté, à choquer les gens, à sécher les cours, à me faire peloter par des mecs, à me demander si je vais me faire tatouer ou pas et à vivre MES PLUS BELLES ANNÉES. Mandy, je suis entrée ici à mes putains de quinze ans, et quand je sortirai je serai une putain de bonne femme, presque en âge de se marier et de faire des mômes.

Je sais que je devrais être désolée, je le suis, mais alors je me mets à penser à tout ce fatras et je deviens trop dingue pour regretter aussi profondément et sincèrement que je devrais.

J'espère qu'on va continuer à s'écrire. Mais je

comprendrai si tu n'as plus envie. Ça me donnera un coup, je crois que je te détesterai un peu, même si c'est injuste vis-à-vis de toi. Il n'y a pas beaucoup de gens qui se seraient coltinés avec ça aussi longtemps. À toi de décider. Et si tu veux me parler de Steve, fais-le. Je sais que j'ai été idiote à vouloir faire semblant que ça n'existait pas. Mais j'ai compris deux ou trois trucs depuis. J'ai rencontré quelques Steve autrefois. Je crois que Raz était un peu un Steve – c'est peut-être une des raisons pour lesquelles je n'avais pas trop envie d'entendre parler de ton frère.

Voilà, à la prochaine, en espérant avoir de tes nouvelles.

Tracey

14 novembre

Chère Trace,

Reçu ta lettre lundi ; comme toi, j'ai passé deux jours à essayer de pondre une réponse.

On dirait que chaque lettre nous emmène un peu plus loin, tu vois ce que je veux dire ? Pas seulement dans les faits – que tu parles de Raz, par exemple – mais d'autres façons aussi.

Je tiens à continuer à t'écrire. Le seul truc qui me fait un peu peur c'est qu'un jour tu t'évades et que je te retrouve à ma porte avec une voiture volée, pour me réclamer à manger, un lit et de la chirurgie esthétique. Ou alors que tu sortes plus tôt grâce à une grosse réduction de peine et que tu veuilles t'installer chez moi, vivre avec nous et être ma meilleure amie. Tu vois, je redeviens franche, même si ça fait mal. Je sais que la première hypothèse n'est pas très vraisemblable, mais la seconde tient la route. Et que se passerait-il s'il s'avérait que tu pèses 200 kilos, que tu es couverte de tatouages, avec un anneau dans le nez et la bouche tout édentée ? D'accord, je suis snob, mais ça ne me plairait pas. Puis mes parents flipperaient. Ils mènent une vie tranquille.

Est-ce que je te fous les boules ? Ne suis-je rien qu'une snobinarde ? As-tu des réponses à ces questions ?

Avec mon affection,
Mandy

18 novembre

Chère Mandy,

Non, je ne trouve pas que tu sois snob. J'avais une telle trouille quand j'ai débarqué ici. J'espère que les matonnes ne liront pas cette lettre, je ne supporterais pas qu'elles sachent ça. Mais c'est vrai. Je pensais que toutes les filles seraient les plus méchantes crevures de la terre – c'est pour ça que j'ai cru que le seul moyen de survivre serait d'être la plus salope des salopes. Et ça n'a pas été bien difficile. La plupart, tu n'en fais qu'une bouchée. Mais, ah ouais, certaines sont bien comme tu le décris. Anita Kelly, oh là là, 200 kilos, tu dis? À peu près, sauf que son nichon gauche pèse encore plus.

Pour revenir aux choses sérieuses, je ne sais pas quoi te dire. Je ne t'en veux pas d'avoir peur de moi. Je n'aime pas mais je ne t'en veux pas. Je me fais peur à moi-même quelquefois. Devons-nous passer un marché comme quoi je ne viendrai pas t'enquiquiner dans quatre ans? Je signe si tu veux, sauf que ça ne rime pas à grand-chose. Qui sait où nous serons, à quoi nous ressemblerons dans quatre ans? Moi j'ai une idée assez précise d'où je serai, mais toi?

Ne va pas t'imaginer qu'on y peut grand-chose, Manna, sinon « continuer d'avancer jusqu'à ce que toute vie s'arrête ».

Une petite araignée noire vient de traverser mon bureau. Tu aurais vu sa vitesse! Ses pattes touchaient à peine la table. Avant je détestais les araignées et les cafards, les bêtes comme ça. Maintenant, pas que je me sois mise à les aimer mais elles ne me dérangent plus, je ne les tue plus.

Faudrait pas appeler ça un bureau. C'est une table en métal, la chaise soudée avec, peintes en crème, boulonnées au sol. Quand j'y suis assise, je vois presque tout le Bloc A plus un petit morceau de ciel. Trois étoiles. Le Bloc A forme un quadrilatère. Je suis au rez-de-chaussée, sur la gauche quand tu entres, à mi-chemin. Au milieu de ce carré de bâtiments, il y a la cour. En face de moi, au rez-de-chaussée, ce sont la pièce de télé, les salles de classe, les douches, les chiottes et une réserve. Au-dessus de ça, d'autres cellules. Et encore au-dessus un genre de passerelle pour les matonnes. Elles s'y promènent avec des airs de saintes nitouches représentantes de l'ordre, pures et dures, mais en réalité ce sont toutes des gouines – leur grand pied, c'est le quartier des douches. Tu n'as pas intérêt à être trop mignonne. Il y a une fille, Sophie, celle avec qui je m'entends le mieux je crois, quand elle prend sa douche les matonnes s'agglutinent comme des mouches sur une charogne. Je dois reconnaître qu'elle a tout pour ça.

Bon, je te raconte tout et n'importe quoi. Dix minutes avant l'extinction des feux – j'allais travailler un peu pour causer un choc à Mrs McKinnon. Mais il y a un truc bien dans le fait d'être ici, c'est qu'on n'attend rien de toi. Ils font semblant et ils se la jouent quand tu te pointes les mains vides en cours, mais qu'est-ce qu'ils peuvent faire ? Nous donner des heures de colle ? Et ils en bavent pour se montrer positifs, comme on leur a appris, ils n'aiment pas devoir être vaches avec nous. Je te parle des profs ; les matonnes s'en foutent.

À une prochaine.

Affectueusement,

Trace

22 novembre

Chère Trace,

Je ne vais pas te raconter que je voudrais échanger ma place avec la tienne mais ta vie est d'une certaine façon... intéressante ? Différente de la mienne en tout cas. Peut-être que tu pourras écrire un livre dessus plus tard, gagner des millions.

Je te l'ai dit, j'ai envie qu'on continue. C'est allé trop loin pour s'arrêter. Ça m'effraie encore, mais chaque jour quand je rentre à la maison je regarde s'il y a une lettre de toi. Jacinta, ma « correspondante » (je hais ce mot), écrit encore de temps en temps mais ça n'a rien à voir.

Ta dernière lettre était formidable. Je commence à m'imaginer un peu Garrett. Et toi aussi, je peux t'imaginer un peu. Tu ne m'as jamais dit à quoi tu ressemblais véritablement mais ça n'a plus tellement d'importance maintenant. Je reste curieuse, mais ce n'est rien de plus – de la curiosité.

Est-ce que je peux t'envoyer un cadeau de Noël ? J'aimerais, mais je ne sais pas si tu es autorisée à en recevoir. Dis-le-moi, s'il te plaît.

Aussi, j'aimerais parler de toi à Maman et Papa. Ils ne seront pas emballés, je sais, mais je crois pouvoir les amener à comprendre. Et si je ne le dis pas à quelqu'un, je vais exploser. J'ai l'impression de porter partout avec moi un secret terrible. J'ai dit à Cheryl qu'on s'écrivait à nouveau, que tu étais un peu détraquée (pardon !) et que tu vivais dans un foyer. Elle a tout gobé. Je crois qu'elle s'imagine ça comme la vie dans les pensions dans les romans pour mômes. J'espère !

Sophie est la première personne dont tu aies parlé comme d'une amie là-bas. Est-elle gentille ?

On dirait que ça fait longtemps que je ne t'ai rien écrit sur moi et ma vie – je vais devoir partir de zéro. En espérant que tu pourras te souvenir de tous les détails passionnants. Pour le moment, on croule sous les contrôles et tout. Des filles comme Rebecca se mettent un peu au boulot. Mai Huynh nous a fréquentées de trop près : elle est de moins en moins appliquée. Les pires, ce sont quand même les profs. Même les plus cool deviennent dingues, à nous donner des tas de résumés, de polycopiés et de tests. Je crois qu'ils ont peur d'être montrés du doigt si on se plante. Ou peut-être craignent-ils de ne pas arriver au bout des bouquins.

N'empêche que j'ai déjà remarqué que tout le monde devient un peu timbré à cette période de l'année. Cheryl s'est essuyé une belle engueulade hier. Elle a attaché une corde au siège attitré de Mrs Grogan et l'a passé par la fenêtre – avec un coup de main de ses amies. (On était au dernier étage.) Puis elle est restée assise près de la fenêtre à tenir la corde. Mrs Grogan est arrivée, n'a pas retrouvé sa chaise, a fait une scène, a perdu un quart d'heure à fouiller le bâtiment. Elle n'y comprenait rien, elle n'avait quitté la salle que trois minutes et c'est une chaise volumineuse. Pas lourde mais encombrante. À ce moment-là le proviseur est arrivé. Pas de bol pour Cheryl, elle était passée dehors, avait vu la chaise suspendue à la fenêtre. Mais elle ne l'a pas dit tout de suite. Elle a traversé la classe et demandé à Cheryl de se lever. Cheryl s'est donc fait épingler dans les grandes largeurs. Mrs Grogan n'arrivait pas à y croire – Cheryl est sa chouchoute. Je te dis, tout le monde flanche un peu du mental en ce moment.

Cheryl et Justin Smith (je crois t'avoir déjà parlé de lui) sont toujours ensemble. Elle a de la chance – il est tendre. Ils forment un beau couple, comme on dit : Cheryl a une jolie peau mate, des yeux noirs et les cheveux longs jusqu'à la taille. C'est la personne qui s'habille le mieux dans mon entourage ; sa famille n'a pas beaucoup d'argent mais on fait les soldes et les magasins de deuxième choix, en plus elle se fabrique elle-même certains trucs. Justin est grand, un peu voûté parce qu'il est complexé par sa taille. Il a les cheveux châtains et les yeux bruns et des dents très blanches – il est magnifique quand il sourit. Il s'habille le plus mal possible, mais quand Cheryl aura fini de l'éduquer il fera les pubs pour American Express. Garanti.

Katrina est souvent venue à la maison ces temps-ci. Elle commence à s'affoler pour ses examens et dit que c'est le seul endroit où elle peut travailler. Ce qui me fait dire que ce doit être affreux là où elle habite. Elle a de sacrées empoignades avec Steve, généralement à propos de la musique qu'il tient à mettre à plein tube. Heavy metal, est-il besoin de le préciser? Steve s'est trouvé un nouveau copain, Tim, encore un marrant: il ne s'est pas lavé les cheveux depuis la puberté; possède un vocabulaire totalisant dix mots, tous obscènes; pense que Rambo existe en vrai et qu'il va lui passer un coup de fil un de ces jours pour l'inviter à participer à une mission. Enfin, grâce à lui j'ai moins Steve sur le dos parce qu'il ne quitte pas Tim d'une semelle. Merci Tim, t'es un pote.

Maman et Papa continuent à se tuer au travail. Du moins c'est ce qu'il me semble. Ils disent tous les deux aimer leur boulot mais si tu les voyais quand ils rentrent, on ne dirait pas. Il y a si peu de personnel à la bibliothèque que Maman et une autre dame assument le travail de trois personnes, et Papa travaille en salle d'opération, où la pression est toujours au maximum. Quand ils reviennent à la maison, tu te demandes pourquoi ils ne se font pas admettre à l'hosto de Papa.

Quant à moi, eh bien, tu te souviens d'Adam? Tu as intérêt à te souvenir d'Adam. Quoi qu'il arrive, je ne risque pas de l'oublier. Je lisais un bouquin l'autre jour où plusieurs filles n'arrêtaient pas de se parler de leur désir pour différents gars. Eh bien, c'est moi: jusqu'au cou dans la luxure. Et amoureuse. Dans le scénario classique, n'est-ce pas la fille qui doit empêcher le mec d'aller trop loin? Entre nous deux, on dirait qu'Adam est le seul à avoir un peu de contrôle. Nous étions dans un bus l'autre jour, assis de part et d'autre de l'allée centrale, je le regardais, et tout à coup j'ai eu envie de me jeter sur lui, devant tout le monde, de m'enrouler autour de lui. Je te jure, il a fallu que je me cramponne à mon siège.

Eh oui, pour une fois ça marche bien. Sauf que je ne sais pas ce qui nous arrivera après le mois prochain. Il va passer ses derniers exams et termine les cours le 7 décembre. Ensuite, il va travailler pour son oncle (qui est entrepreneur en bâtiment) jusqu'à sa rentrée en fac – il veut faire du droit. Il est intelligent, je pense qu'il y arrivera. Et puis il travaille dur. Il sera à croquer sous sa perruque quand il sortira du palais de justice devant les caméras de la télé – parce que c'est sûr qu'il défendra quelqu'un de célèbre.

Katrina a trouvé un job à la poste pour Noël, au tri du courrier, et elle croit pouvoir m'y dégotter une place pour janvier, quand les permanents prennent leurs congés, ce qui serait super.

Bon, il faut que j'y aille. Maman râle depuis une heure pour que je nourrisse le chien, et voilà qu'il s'y met lui aussi. Galère.

Mandy

26 novembre

Chère Mandy,

Mandy, ne me sers plus tes foutaises comme quoi la taule serait intéressante. Tu as peut-être cette impression mais tu n'es pas obligée de vivre ici. Pour toi, c'est comme de regarder un téléfilm. Cet endroit est un trou. Qui t'aspire, qui te bouffe, plus que tout ce que j'aurais imaginé, et c'est dur de garder mon calme quand tu m'écris, en gros, que ça a l'air chouette.

Enfin, je n'ai pas envie d'entamer une dispute. J'ai juste explosé quand j'ai lu le premier paragraphe de ta lettre. J'arrive à la fin de mon quinzième mois, tu te rends compte ? Je suis arrivée ici le 21 septembre, le premier jour du printemps*. Ça tombait impec. Je n'y avais pas pensé avant aujourd'hui. Au centre de détention préventive, ils avaient amorti le choc. C'était assez confort là-bas, plus que là où j'avais vécu. Et même si je savais que je ne pouvais pas m'en aller, je n'ai pas compris ce que ça signifiait avant d'entrer ici. Quand la première batterie de portes s'est refermée derrière moi, j'ai réalisé que je ne pourrais pas sortir. Ça paraît idiot, mais si tu y réfléchis, n'importe où que tu te trouves dans ta vie, tu peux te tirer. Si tu n'aimes pas l'école, tu peux sécher, si tu n'es pas bien chez toi, tu peux foutre le camp ou aller chez une amie. Mais ici, quoi que je fasse ou dise, quoi que je leur offre, même si je rampe à leurs pieds en répétant mille fois «pardon», je serai obligée de rester. Dur.

Sans compter qu'ils font tout pour te mater. Dans le panier à salade ils me racontaient comment je me ferais cogner dessus et violer et tout. Je te parle de la flicaille. Puis quand je suis arrivée ici, j'ai eu droit au numéro habituel ; déshabillage, fouille corporelle, leur remettre tout ce que tu possèdes. Ensuite tu dois passer dans la pièce suivante, toujours à poil, pour obtenir ton uniforme, pendant que ces malades mouillent de te regarder.

* En Australie, les saisons sont évidemment inversées par rapport aux nôtres, c'est l'hémisphère Sud.

L'uniforme, c'est le gros lot : chaussures noires, futal kaki, chemise blanche, pull kaki. Au moins, on ne te rase plus la tête.

Après j'ai dû rester debout dans la cour, les pieds joints sur une ligne blanche, pendant presque deux heures, avec interdiction de bouger ou de parler. Pendant ce temps, il y a eu la relève de poste et une des surveillantes, une jeune, s'est arrêtée pour me parler une minute, puis on l'a appelée et j'ai entendu qu'elle se faisait passer un savon ! Tu imagines ? Je ne l'ai jamais revue depuis – elle a dû se faire virer.

Pour finir, on m'a rendu mes affaires – les quelques trucs que j'étais autorisée à garder – et on m'a emmenée au Bloc A, fourni le dentifrice, etc., puis collée dans ma petite cellule perso. Mon chez-moi si loin d'un chez-moi. J'y suis en ce moment, à écouter les voix résonner en écho dans le quadrilatère. Il est presque neuf heures : nous ne sommes pas censées nous parler mais ça dépend des matonnes, si elles sont plus ou moins cool, et du bruit qu'on fait. Mais tu sais, il s'est passé quelque chose d'étrange il y a quelques minutes. Tu me questionnais sur Sophie. Eh bien, Sophie a le droit de chanter. Et tout à l'heure, quand tout était tranquille – personne ne causait ni rien – elle s'est mise à chanter *Missing, Maybe Lost**. Tu connais ?

* Disparu, peut-être perdu.

« Quand tu es amoureuse
Et quand tu te sens seule,
Il est parti. Où ? Tu ne sais.
Tu te mets à penser
Au fond tu es la seule
Pour qui ça ait compté
Et tu scrutes les moindres recoins
Tu redoutes de t'éloigner du téléphone.
Tu as rejoint les rangs du néant
L'armée de deuil et de solitude. »

Elle a chanté ça et, parole d'honneur, personne n'a remué dans tout le bloc, même pas les matonnes. Comme si le monde s'était arrêté. Un silence total : pas de vent, pas un bruit, juste cette voix. Puis quand elle a eu fini, on entendait des filles pleurer. Pas moi, je ne pleure pas, elles m'appellent Œil Sec, mais il y en avait quelques-unes. Et c'est drôle, même si elles se sont remises à parler maintenant, ça semble différent – tout le monde est si calme.

Sophie est stupéfiante. Elle est ici pour « vol avec coups et blessures », comme la plupart au Bloc A. À la voir, tu penserais qu'elle ne marche pas sur une pelouse sans permission. Tu me demandes : « Est-elle gentille ? » Bon sang, Mandy, sans vouloir te vexer, ce que tu dis me fait franchement rigoler quelquefois. Gentille ! Il n'y a pas de putains de gentils ici. Mais je lui parle un peu. Je ne sais plus ce que c'est qu'une amie, mais elle est ce qui s'approche le plus d'une copine que j'ai eue. Que je t'explique, ici on ne va que par groupes, tout le monde appartient à un groupe, question de protection surtout, sauf quelques-unes qui restent toutes seules. Moi, ou Sophie. Certaines le font parce que c'est des lèche-culs, d'autres parce que personne ne les veut, d'autres parce qu'elles sont barjes. Moi parce que ça me rend plus forte. Pour Sophie, je ne sais pas – et impossible de comprendre.

C'est marrant, ça m'est égal d'être la terreur numéro un maintenant, et quand Anita est arrivée, toutes griffes dehors, je n'avais pas l'intention de me dresser sur son chemin. Et elle s'est bien débrouillée, elle a marqué quelques points. Mais elle est tellement idiote, elle aurait dû me fiche la paix. L'autre jour elle a essayé de me sortir des douches, et je l'ai étalée d'un revers sur le nez. Vrai, je n'avais jamais tapé si fort sur quelqu'un. Sa tête a cogné dans le mur et elle s'est affalée en braillant, genre baleine échouée, du sang partout. Elle est allée trop loin, c'est tout. Tiens, j'ai écrit un poème sur elle :

C'était une jeune taularde, Anita on l'appelait
Personne ne pouvait la vaincre, elle le croyait.
Jusqu'à ce jour où elle rencontra Trace
Qui sans façon lui écrasa la face,
Il faut la voir maintenant filer tout doux.

Pas mal, hein ? Raz m'a appris à me battre. Il disait, vise le nez, et cogne jusqu'à le leur faire ressortir à l'arrière de la tête, ne t'arrête que quand ton poing est passé de l'autre côté. Mais il était terrifiant dans une bagarre. Il est devenu psychopathe.

Oh, je n'avais pas l'intention d'écrire tout ça. J'essaye de ne pas écrire les trucs moches, sur moi ou cet endroit, mais ça m'échappe.

Ah oui, un dernier truc, je me fiche de Noël et ces conneries mais le règlement dit qu'on peut recevoir des colis n'importe quand. Ils sont ouverts et fouillés. Si c'est des choses autorisées, je peux les avoir ; si c'est illégal (c'est-à-dire des choses que je n'ai pas droit de garder dans ma cellule), on me les donnera quand je sortirai. Autant dire que ça ne sert pas à grand-chose. Tu ne peux pas envoyer de la nourriture – va savoir ce qui se passerait, peut-être que les matonnes se la boufferaient.

Quant à parler de moi à tes parents, ça te regarde. Pour moi, ça ne fait pas beaucoup de différence. Mais s'ils t'empêchaient de continuer à m'écrire ? Ou s'ils voulaient lire mes lettres ?

Dis, j'ai bien aimé l'histoire de Cheryl avec la chaise. Et ton Adam m'a l'air super. Si tu veux me faire un vrai cadeau de Noël, envoie-le-moi pour quelques jours. Je suis en manque. La prochaine fois qu'ils nous donnent des bananes en dessert, je ne réponds pas de ce qui arrivera.

J'ai du mal à croire que mes lettres deviennent aussi longues. J'arrête pour cette fois. À bientôt.

Amitiés,

Tracey

25 novembre

Chère Trace,

Voilà, je l'ai dit à mes parents. Ce soir en fait, sans attendre de lettre de toi. J'ai simplement pensé que c'était la chose à faire. La scène a été laborieuse. Je ne suis pas très douée dans ces « asseyons-nous-pour-avoir-une-petite-discussion-en-famille ». Rien que d'avoir Maman et Papa ensemble, sans Steve et Katrina, n'était pas facile. Mais après le thé de ce samedi, Steve était parti réviser un peu (trop peu, trop tard), Katrina avait plongé dans ses cours. Maman et Papa regardaient la télé. Il a fallu que j'attende les pubs, après quoi ça a donné à peu près ça (tu l'auras voulu, toi qui demandais du vécu familial!) :

« Euh, dites, vous connaissez Tracey, la fille qui m'écrit ? »

Maman : « Oui. »

Papa : « Non. Qui est-ce ? »

Moi : « Oh, Papa, tu sais bien. Elle avait mis une annonce dans *G.D.Y.* »

Papa : « Non. »

Moi: «J'ai répondu à son annonce, et on a... disons... correspondu toute l'année.»

Papa: «Ah oui?»

Moi: «Bref, j'ai pensé que je ferais bien de vous tenir au courant d'un truc... parce que ça ne s'est pas passé exactement comme je croyais.»

À ce moment-là, Maman comprend qu'elle va peut-être entendre quelque chose de vraiment important et se met à m'accorder plus d'attention qu'à la télé.

Maman: «Que veux-tu dire?»

Moi: «Eh bien, je pensais que c'était une fille normale, cadrée, qui cherchait quelqu'un avec qui correspondre...»

Maman: «Mais?»

Moi: «Mais en fait, il s'est avéré qu'elle est à Garrett.»

Papa, se redressant: «Tu parles de Garrett, la prison pour mineures?»

Moi: «C'est ça.»

Maman: «Tu veux dire qu'elle était là-bas depuis le début? Et que tu ne le savais pas?»

Moi: «Oui. Je ne l'ai pas su tout de suite Mais elle me l'a dit depuis un moment.»

Papa: «Comment se fait-il que tu ne l'aies pas su?»

Moi: «J'écrivais à une boîte postale. Et elle me racontait qu'elle vivait dans une famille normale.»

Pause. Ils se demandent quelle attitude adopter.

Papa : « Elle est là-bas pour quoi ? »

Moi : « Sais pas. Elle ne veut pas le dire. »

Ils commencent à faire des bulles, la vapeur monte, l'ébullition n'est pas loin. Je dois agir vite.

Moi : « Mais c'est sans problème. Elle n'a pas à me le dire. J'aime bien lui écrire et ce sont les seules lettres qu'elle reçoit. »

Maman : « Et que se passera-t-il quand elle sortira ? »

Moi : « Elle ne sortira pas, pas avant longtemps. »

Papa : « À savoir ? »

Moi : « Quatre ans. »

Papa : « Quatre ans ! Ça ne me plaît pas beaucoup cette histoire. Elle n'est pas là-bas pour avoir traversé en dehors des clous. »

Moi : « Je m'en moque. Ça n'a pas d'importance pour moi. »

Personne ne sait plus quoi dire.

Papa : « Je ne sais pas quoi dire. »

Moi : « J'ai pensé que vous deviez savoir. »

Papa : « On devrait peut-être contacter cette prison, Garrett, et les questionner. Leur demander leur avis. »

Moi : « Non ! Pas question ! Vous ne ferez pas ça. C'est mon amie, et je continuerai à lui écrire de toute façon, et je ne veux pas qu'elle croie que je l'espionne. »

Maman : « Bon, alors que veux-tu qu'on fasse ? »

Moi: «Je pensais seulement que vous deviez savoir.»

Maman: «Je suis contente que tu y aies songé. Je suis contente que tu nous l'aies dit. Et ta loyauté envers cette fille parle en ta faveur.» (Pardon Trace!) «Mais naturellement, nous nous inquiétons de ce qui peut se produire. On dirait bien qu'elle n'a pas été très franche avec toi.»

Moi: «Non, pas au début. Maintenant, oui, elle l'est.»

Papa n'a pas bougé depuis un moment, n'a rien dit. Mais soudain le voilà qui s'agite, l'air d'avoir pris une grave décision. «Mandy, tes frère et sœur ne le savent pas, mais je dois peut-être te le dire.»

Moi (effrayée): «Me dire quoi?»

Papa: «Quand j'étais gosse, j'ai été enfermé dans un centre pendant six semaines. Je n'avais que quinze ans, mais je séchais souvent les cours, et j'avais reçu plusieurs avertissements. Puis j'ai été arrêté pour avoir piqué et revendu des motos.»

À ce point de notre récit, Mandy s'écroule à terre, privée de connaissance. Non, mais seul son stupéfiant sang-froid la sauve. Mon papa dans un centre genre Garrett? Ou Ruxton, plutôt? Voilà bien l'événement le plus étonnant qui se soit jamais produit dans notre famille.

Bref, à mesure que le temps s'écoule, la véritable histoire se fait jour. On l'a envoyé dans un genre de ferme-école à la campagne pendant six semaines. C'était probablement bien doux comparé à ton Bloc A mais il a dit que c'était horrible et qu'il a souffert à chaque minute. Il a dit aussi qu'il ne recevait qu'une lettre par semaine, de sa mère, et que les lettres sont tellement importantes dans ces endroits-là que si je suis la seule personne à t'écrire, je ferais bien de continuer. Mais il a ajouté que certains prisonniers sont des cas désespérés et que, sans vouloir me rendre méfiante, il me conseille d'être prudente.

Voilà. Je me suis toujours efforcée d'être honnête avec toi et je te jure que tu as là le compte rendu véridique de notre conversation, pour le meilleur ou pour le pire.

Mandy

29 novembre

Je ne t'ai pas encore envoyé l'histoire de samedi parce que je pensais que je recevrais une lettre de toi d'ici là, et elle est arrivée aujourd'hui.

Je regrette d'avoir dit que Garrett paraissait intéressant. Ai-je vraiment dit ça? J'ai fait très fort. J'aimerais te prêter Adam pendant un moment mais ils risquent de le confisquer – je le soupçonne d'être périssable, comme de la nourriture. Suffisamment comestible. Mais je t'enverrai un cadeau de Noël.

La puissante équipe de softball, l'Armée de Maman, a repris du service, avec le renfort de quelques nouveaux membres. On a eu entraînement cet après-midi. L'équipe de choc! On a une nouvelle lanceuse, Louisa, quand elle marche sur le terrain il s'incline dans sa direction. Impressionnant. Le seul problème c'est qu'elle lance dix balles pour chaque coup. Nous sommes entrées en catégorie D cette saison – le niveau le plus bas – mais à mon avis nos performances ne figureront pas au *Livre des records*.

L'autre grande nouvelle, c'est que Rebecca s'en va. Elle vit avec sa mère qui est institutrice et qui est mutée à Salter's Wall. Elles déménagent après Noël. C'est drôle, j'ai l'impression qu'elle me manquera. En tant qu'amie, elle est comme Louisa en lanceuse, dix balles pour chaque coup. N'empêche qu'elle a habité ici pendant tellement longtemps. Ce sera bizarre sans elle.

Je dois y aller. Merci pour ta lettre. Certains passages étaient plutôt renversants. J'ai le trac quand je pense à comment tu réagiras à la conversation avec mes parents, mais je suis bien décidée à te l'envoyer.

Plein de bises,
Mandy

3 décembre

Chère Mandy,

J'en ai marre de commencer chaque lettre de la même façon. Ras le bol. Mais je suis tellement de mauvaise humeur. Ou peut-être bonne et mauvaise. Je suis malade, j'ai une otite et une grippe. On m'a mise à l'infirmerie hier et j'y suis encore, je t'écris assise au lit. Complètement mal fichue. Mais on s'occupe mieux de toi ici, surtout dans des périodes comme maintenant où elles n'ont pas trop de travail L'infirmière dit que je suis à plat, que je devrais faire attention à moi. Sauf qu'elle ne dit pas comment.

Je suis allée à la consulte médicale samedi parce que j'avais mal à l'oreille. Ils m'ont farfouillé dedans et dit que ça allait. Quand je me suis réveillée le dimanche matin, il y avait du sang plein mon oreiller. Ça m'a foutu un sacré choc. Et je me sentais ramollie de partout. Voilà comment j'ai atterri ici.

L'avantage, c'est que la bouffe est meilleure, qu'on peut regarder beaucoup la télé, et qu'une partie du personnel est à moitié humain.

Merci pour ta lettre. Tu sais, tu es la personne la plus digne de confiance que j'aie rencontrée. Même si je ne t'ai jamais rencontrée. Ça m'est égal que tu l'aies dit à tes parents – ils ont l'air cool. C'est dingue l'histoire de ton père. Tu te souviens qu'il y a un temps fou je t'avais dit que Roy Lugarno, de Dust and Ashes, était allé à Ruxton ? Apparemment, il y en a qui survivent. Il y a une vie après la mort.

Manna, je ne crois pas que je survivrai à cet endroit, ni à Garrett ni à Macquarie. J'essaye de m'imaginer le jour où je serai libérée, lâchée au grand air, mais alors que je crois avoir une bonne dose d'imagination normalement, aucune image ne se présente dans ma tête quand j'appuie sur ce bouton-là. Je pense que je vais mourir ici, je le pense souvent.

Oh, vaut mieux ne pas délirer. Désolée si ma lettre est courte, comparée à nos habitudes disons, mais je me sens pas dans mon assiette. Je ne sais pas si j'ai envie de quitter l'infirmerie ou pas. Je ne crois pas. J'espère que le Bloc A va tenir le coup sans moi. En tout cas Anita doit être contente. J'imagine que la plupart des gens doivent être contents.

À une prochaine.

Ta copine raplapla,
Trace

6 décembre

Chère Manna,

C'était vraiment gentil de ta part. Pour une surprise, c'en était une. C'est le premier message téléphonique que je reçois à Garrett, sans compter celui que Mrs Neumann a peut-être reçu, ou peut-être pas. Comment as-tu trouvé le numéro ? J'aurais cru que c'était secret-défense. Tout le monde dit que les gens du dehors ne peuvent jamais le trouver.

Il y a tout un tas de règles pour les messages téléphonés, et je ne t'en avais pas parlé pour la raison que je ne pensais pas que ça se présenterait. Il faut que ce soit uniquement les parents qui appellent, et uniquement des messages d'information, du genre « nous ne pouvons pas venir ce week-end ». Pour les anniversaires, c'est quelquefois un peu plus souple. Ils ont dû me transmettre le tien parce que je suis malade. Aussi parce que c'était Miss Gruber (la gardienne à qui tu as parlé) qui est beaucoup plus sympa que les autres. Je lui ai demandé à quoi tu ressemblais à ta voix, et ça l'a étonnée, parce que je ne parle jamais beaucoup aux matonnes. Mais elle a répondu que tu avais l'air gentille et que tu étais inquiète et tout. Tu sais, je ne suis pas mourante ; d'ailleurs je vais beaucoup mieux.

Mais plein de mercis, d'accord ?

Je suis toujours à l'infirmerie, comme tu as dû le deviner. Si je m'étais conduite comme la salope que je suis d'habitude, ils m'auraient déjà réexpédiée, mais je frime dur en ce moment : j'aide à faire les lits, laver la vaisselle, ranger le linge. Plus charmante, tu meurs. Alors on m'aime ici, sans doute qu'ils vont m'adopter et me garder toujours.

En fait, je me sens encore mal fichue. Je déteste être malade, c'est tellement déprimant.

Je viens de relire ton message, et tu sais quoi, Manna, je t'adore à mort. Pas comme une débile ni rien. C'est comme ça.

Dis donc, ton équipe de softball m'a tout l'air d'avoir besoin d'acquérir un peu de confiance. Vous devez attaquer la saison en pensant à la finale. Je ne parle pas dans le vide : dans ma vie d'avant, avant que je devienne une crasse, j'ai remporté quelques trucs. En saut en hauteur, généralement. Je sautais 1,53 m à 13 ans. Si les murs ici étaient un tout petit peu plus bas, je les franchirais facile. Passer le tapis de tessons de verre poserait quand même problème, remarque.

Bon, fin de la transmission. Sayonara,

Trace

6 décembre

Chère Tracey,

Je viens de passer une demi-heure dans le labyrinthe téléphonique de Garrett. C'est pire que d'appeler Maman à son boulot. C'était tout bonnement incroyable. Enfin, j'ai fini par obtenir une dame qui avait l'air O.K. (désolée si c'est la pire garce du lieu), qui m'a dit qu'elle ferait une entorse au règlement et te transmettrait le message. Au bout du compte on a pas mal bavardé. Elle n'arrêtait pas de dire qu'elle n'était pas autorisée à parler «des filles» puis elle a passé cinq minutes à me parler de toi. J'espère que ça ne lui causera pas d'ennuis.

Elle a dit que tu avais été «très difficile» mais que tu devenais «plus gentille ces derniers temps». Apparemment, tu t'améliores, Trace. Continue dans cette voie.

J'espère en tout cas que ta grippe est finie. Je déteste être malade – je deviens un vrai légume – j'ai envie de me planquer sous mon lit et de ne plus bouger jusqu'à ce que ça aille mieux. Comme mon chien. À onze ans, j'ai eu la rubéole, en grand, puis la veille du jour où je devais retourner à l'école je dis à Maman: «C'est quoi ces petites taches rouges sur ma peau?» C'était la varicelle. Cette année, le pire ç'a été les douleurs de règles – j'ai eu quelques jours pénibles.

J'aimerais avoir la mononucléose, comme Rebecca. Ça semble assez cool comme maladie. Tu restes couchée sans rien faire, pendant des jours et des jours.

Demain, Steve et Adam achèvent leur carrière lycéenne. Moment historique. Je suis heureuse pour Adam parce qu'il a atteint la sortie (il a tenu bon si longtemps) ; jalouse parce que c'est lui et pas moi ; effrayée de ce qui va advenir de notre relation ; et triste parce que je sais que je ne le verrai pas autant l'an prochain. Envers Steve, je n'éprouve rien du tout. Honnêtement, je ne vois pas comment il peut obtenir quoi que ce soit. Et aucun employeur ne voudrait de lui – autant se saborder tout de suite. Donc, s'il ne poursuit pas d'études et s'il n'a pas de boulot, que va-t-il arriver ? Il va traînasser ici toute la journée, voilà. Je crois que je vais creuser un tunnel pour atteindre Garrett et venir partager ta cellule.

Il a même dit l'autre jour qu'il pourrait redoubler sa terminale, mais Maman et Papa ont fermement protesté.

Il est franchement pathétique. On aurait presque pitié de lui. Il y a des tas de fêtes ce week-end – tu imagines – et il est là à raconter quelle bringue il va faire et comment il va s'éclater, alors que je sais qu'il n'a été invité à aucune, sauf un machin officiel où tout le monde est invité.

On a encore eu entraînement de softball en fin d'après-midi. Je t'écris souvent le jeudi. D'ailleurs je prévois rarement du travail scolaire les jeudis, je suis trop occupée à t'écrire. Côté entraînement, ça se passe mieux. Pour moi, c'est sûr – j'ai fait le plus beau coup de batte de ma vie, un kilomètre au moins au-delà de la seconde base. Magique.

Ce qui m'inquiète, si je fais ça contre Louisa (notre nouvelle lanceuse), que peut faire une bonne batteuse? Par exemple, les batteuses de toutes les équipes contre lesquelles nous allons jouer cette saison.

Je me demande s'il est trop tard pour me reconvertir dans le bowling?

Si tu devais vivre une journée idéale, comment la passerais-tu? Cheryl m'a posé cette question. Pour moi, je crois que ce serait de m'installer au sommet de la montagne où on a fait une excursion avec la classe l'an dernier, de lire des bouquins et de manger du chocolat toute la journée, sans qu'on vienne me déranger. C'était le mont Cobbler, la montagne. Quelle que soit la direction dans laquelle tu regardais, tu ne voyais aucune trace de présence humaine, à part un grand espace que les bûcherons avaient déblayé au bulldozer pour acheminer leurs troncs d'arbres. J'ai été écœurée de voir ça, alors que tout le reste était si beau. Depuis je me préoccupe d'économiser le bois et le papier. Peut-être devrions-nous écrire des lettres plus courtes. D'ailleurs, je vais terminer celle-ci avant de passer à une nouvelle feuille.

Prends bien soin de toi, Trace,

Ta copine,

Mandy

10 décembre

Chère Mandy,

Me voilà sortie de l'infirmerie, rendue à la vie normale. Normale? Ha! La vie? Ha! Suis pas allée en cours ni rien aujourd'hui, je n'avais pas le courage. On n'est pas obligé d'y aller si on n'a pas envie, alors je n'ai rien fait. Non, ce n'est pas vrai, j'ai fait quelque chose. J'ai fumé – un demi-paquet. Ce qui n'en laisse pas beaucoup pour le reste de la semaine.

Tu as remarqué dans les films, les gens se font toujours la belle de ce genre d'endroit? Franchement, je ne vois pas comment ils y arrivent. Les matonnes sont au-dessus, surveillent à longueur de temps. Le tunnel, c'est hors de question – je tiens à mes ongles. Tout ce que je vois, c'est de casser un carreau, de prendre un morceau de verre, de le mettre sur la gorge d'une matonne et de l'inviter à me guider jusqu'à la porte principale. Ça, je peux le faire. À bon entendeur, salut aux matonnes qui lisent ça.

J'ai passé un chouette moment ce matin, à graver le nom d'Anita sur une chaise de la salle commune. Joli coup pour lui faire les pieds. Puis j'ai encore passé un chouette moment cet après-midi à graver mon propre nom sur mon bras avec un gros trombone que j'avais un peu aiguisé. Sauf que j'aurais dû l'aiguiser plus.

Manna, tu commences vraiment à me gonfler avec certaines de tes questions. Je te l'ai déjà dit, pourtant, mais tu continues. Et cette blague bêtasse comme quoi tu vas creuser un tunnel jusqu'ici.

Tu veux savoir ce que serait ma journée idéale ? Ce serait d'avoir une mitraillette dans les mains et de tout pulvériser ici, de transformer cet endroit en écumoire. Rouge.

Tu sais ce que serait ma journée idéale, tu n'as pas besoin de demander. Avoir une maman qui prendrait le temps de parler avec moi du lycée, des garçons et tout ça, puis faire l'idiote avec ma frangine pendant un moment et essayer toutes ses fringues, et puis donner un conseil à mon frère à propos de sa petite amie, enfin sortir dehors pour jouer avec mon chat dans le soleil. Simplement ce genre de conneries.

Tu sais, Sophie n'est pas venue me voir une seule fois quand j'étais à l'infirmerie. Alors que c'est facile : tu vas à la consultation et puis tu fais un petit tour discret pendant que tu attends ton tour. Je lui ai rendu deux fois visite quand elle sortait sa dent de sagesse.

Je n'ai pas pu dormir la nuit dernière. J'ai failli me mettre à t'écrire en pleine nuit.

Désolée d'être de si mauvaise humeur.

Tracey

11 décembre

Chère Mandy,

Oublie la lettre d'hier. je suis toujours autant en rogne mais pourquoi devrais-tu écoper? Je me suis fait coller deux jours de CP hier soir pour avoir crié «fous le camp» à une matonne qui venait de me dire d'effacer mon graffiti au papier de verre. Et puis quelqu'un est venu dans ma cellule et a pissé sur mon lit – sûrement Anita.

Ce matin Sophie s'est fait choper avec plusieurs joints, alors c'est le branle-bas de combat. Fouilles partout. Je sais pas comment elle les a eus mais ce n'est pas difficile. Faut quand même qu'elle soit nœud: elle les gardait dans un petit flacon de médicament en plastique avec son nom écrit dessus, au cas où elle le perdrait. Tu imagines? Bonne fête, Soph.

Je dois voir la psy demain, sais pas pourquoi. Ça me fera une partie de rigolade.

À une prochaine,

Trace

12 décembre

Chère Mandy,

Lettres quotidiennes. J'espère que tu apprécies. Vu que j'ai trop rien à faire en ce moment, je me suis dit autant t'écrire. Pas que j'aie grand-chose à te raconter. Les cours sont barbants – je n'y suis pas beaucoup allée. De toute façon c'est très tranquille parce que c'est la fin de l'année et la plupart des profs s'en vont. Ils n'arrivent pas à tenir le rythme.

Vu la psy aujourd'hui. Elle dit que je devrais faire un truc qui s'appelle Programme de contrôle de colère. Ces noms, je te jure, ils ont un nom pour tout.

Je crois que je contrôle plutôt bien ma colère. Je la contrôle même tellement bien que personne ne sait que je suis en colère. Disons jusqu'à ce que j'explose, façon Troisième Guerre mondiale. Là, ils se font une petite idée.

D'un autre côté, la psy n'avait pas l'air de penser que c'était une méthode si terrible que ça.

Le truc, Manna – et ne t'avise pas de dire ça à qui que ce soit – c'est que je suis coincée. À cause de ce qu'on a fait, Raz et moi, je sais que je ne mérite aucune sympathie. Et si on me pique mes clopes, ou si une matonne me colle en CP ou SP (Sans Privilèges) pour quelque chose que je n'ai pas fait, ou si je me mets à penser à tout ce que je loupe, alors oui, je deviens dingue. Tellement dingue que j'ai envie de hurler, de mordre, donner des coups de pied, saccager cet endroit. J'ai envie de sauter en haut du mur et me frotter sur les tessons de verre. Mais dès que je commence à m'emballer, une petite voix en moi me dit : « Tu oses te plaindre ? Après ce que tu as fait ? Tu n'as aucun droit. » Alors je m'arrête. Je pense : « Même si j'ai largement écopé, je suis mieux que... » Je n'ai pas envie de finir cette phrase, tu as saisi.

Tout ça m'embrouille.

Je regrette de t'assommer de lettres déprimantes. Mais c'est tout ce que je suis capable de faire pour le moment, t'écrire. Quand même, ne t'inquiète pas. Je vogue.

Suite au prochain numéro.

Trace

14 décembre

Chère Trace,

Dis donc, les lettres affluent tout à coup. Mais elles n'arrangent pas vraiment le tableau. J'ai l'impression que tu déjantes, Trace. Que se passe-t-il ? Puis-je faire quelque chose ? Je crois que je ne me suis jamais sentie aussi impuissante de ma vie.

Ça paraît tellement dérisoire de t'écrire sur ce qui se passe ici pendant que tu t'écorches de tous les côtés. Presque tout ce qui se passe à Acacia Park est sans intérêt, sauf qu'aujourd'hui l'école est enfin finie. Le trimestre a été long. Je n'arrive pas à croire que je vais rentrer en première. Quand je pense comme j'étais impressionnée par ces grandes filles dans le bus, et envieuse... maintenant que j'y suis je ne me sens pas si impressionnante, et mes amies n'ont pas l'air si vieilles que ça non plus.

Je pensais qu'on aurait une fin d'année déchaînée, ce fut plutôt calme. J'étais trop fatiguée pour faire la fête. Quelques-uns ont essayé mais il ne s'est pas passé grand-chose. Il y a quand même une fête ce soir, chez Paul Bazzani – je crois que j'irai quand j'aurai fini cette lettre. Le week-end dernier, là ç'a été délirant, avec les bringues des terminales. Adam doit avoir sombré dans le coma depuis.

Demain c'est notre premier match de softball. L'Armée de Maman se lance dans la compète de vacances, ainsi nous serons rodées pour le grand jour en février.

Je crois que je vais arrêter. Je n'ai pas le cœur à ce que je te raconte, je suis trop inquiète de ce qui t'arrive. Je ne veux pas te dire ce qu'à mon avis tu devrais faire – comment le pourrais-je, quand c'est toi toute seule qui dois vivre là-bas? Mais Trace, s'il te plaît, sois prudente. Ne peux-tu pas te mettre un peu en veilleuse? Y aller doucement pendant un moment? Laisser Anita prendre le pouvoir si elle y tient? Je sais que c'est facile pour moi de dire ça mais je détesterais que tu t'attires encore plus d'ennuis.

Fais attention – porte-toi bien.

Tendrement,

Mandy

14 décembre

Chère Manna,

Juste un mot : une des infirmières a dit qu'elle te le posterait, donc tu devrais le recevoir plus vite que d'habitude. Je voulais te prévenir que je suis retournée à l'infirmerie, pour rien de particulier. Ils veulent juste garder un œil sur moi ou je ne sais quoi. Voilà, j'espère que tu vas bien et que tu passes un bon week-end.

Affectueusement,

Tracey

18 décembre

Chère Tracey,

J'espère que tu as eu mes messages. J'ai appelé deux fois, au cas où l'un d'eux ne passerait pas. Je commence à mieux me débrouiller avec leur labyrinthe téléphonique. J'ai découvert un numéro direct pour l'infirmerie, alors c'est plus facile.

Le deuxième coup de fil, j'ai eu de nouveau la sympa, Miss Gruber. J'ai cru être tombée au Bloc A mais elle m'a dit qu'elle était là pour s'occuper de la consultation. On a eu une autre conversation. Ne t'inquiète pas, je n'ai pas dit grand-chose, parce que je sais que tu préfères comme ça. Je ne vais pas me mettre à bavasser sur toi avec eux. Mais tu as dit que c'était l'une des plus sympa.

Bref, elle m'a demandé comment je te connais, seulement par nos lettres je lui ai dit, et qu'on s'écrivait tout le temps. Elle a répondu : « Alors vous devez bien la connaître maintenant. » Et moi : « Oui, je crois que c'est ma meilleure amie. » Et elle : « Elle a besoin de ses amies. » Je lui ai demandé : « Comment va-t-elle ? » et elle m'a dit : « Elle est déprimée. » J'ai dit : « J'aimerais pouvoir l'aider », et elle : « Eh bien, continuez à lui écrire. Si je pense à autre chose, je vous appelle. » Elle a donc noté mon nom et mon numéro de téléphone, en même temps que le message pour toi. Il n'en sortira sans doute rien, mais au moins elle n'a pas l'air indifférente.

Mais tu sais, Trace, à y repenser, je ne suis pas sûre de cette histoire de meilleure amie. Parfois on dirait que ma vie ne t'intéresse pas tant que ça. En particulier Steve. Je ne te parle plus beaucoup de lui en ce moment – ça reste un point sensible. Mais une véritable amie essaierait davantage de m'aider, non ? Cette semaine, Steve a carrément perdu le contrôle. Je pense qu'il balise pour ses résultats d'exams. J'ai peur de lui. Il me gifle, me donne des coups de pied et de genou. Je ferme souvent ma porte à clef quand je suis dans ma chambre, c'est te dire à quel point j'ai la trouille.

Je suppose qu'être enfermée à Garrett doit te

rendre égoïste, d'une certaine façon, parce que tu n'as que toi sur qui te concentrer.

Ne prends pas mal tout ça. Je continue à me sentir proche de toi – c'est d'ailleurs ce qui me permet de te dire ces choses. J'estime que de vraies amies doivent s'aider à progresser – elles ne se contentent pas de faire du surplace.

Continue sans t'arrêter,

M.

19 décembre

Chère Manna,

J'en tremble encore, et je souris comme une idiote. Cinq minutes seulement que j'ai raccroché. Le plus grand choc que j'aie reçu dans ce trou.

J'ai été une vraie salope avec Miss Gruber la semaine dernière. Je l'ai traitée de tous les noms que tu peux imaginer, plus quelques-uns qu'on ne connaît pas à Acacia Park. Tout ça parce qu'elle avait éteint la télé deux minutes avant la fin de *Hotel for Strangers*. Je sais que ce n'est pas un feuilleton génial mais je voulais voir la fin. En tout cas, je suis très gênée maintenant.

Alors, qu'est-ce que tu as pensé de moi, dis? Les cinq premières minutes, je parie que tu t'es dit que j'étais débile. J'avais presque perdu ma voix. Quand elle m'a tendu le téléphone, j'ai cru que c'était la psy – elle m'avait dit qu'elle appellerait l'infirmière-chef cet après-midi pour prendre de mes nouvelles. Puis une petite voix a dit: « Tracey ? C'est Mandy. » Je suis restée blême, bouche bée. Chaque fois que j'essayais de dire quelque chose, je toussais. Les mots ne sortaient pas. Tu as dû trouver que ça craignait, mais j'avais la gorge toute serrée et douloureuse. Et quand j'ai pu parler, je ne trouvais plus rien à dire, au début.

Manna, je ne comprends pas pourquoi tu es si gentille avec moi, alors que je t'ai menti et tout.

En tout cas, une fois que ma gorge s'est débloquée et que je me suis un peu animée, c'était génial. Je crois que je bafouillais un maximum, les mots venaient si vite. J'espère que tu n'as pas fait attention. Je ne suis pas comme ça normalement, mais c'était la première fois en plus d'un an que je me sentais libre de parler. Je n'y croyais pas quand ils ont dit que ça faisait une demi-heure et que je devais raccrocher. On aurait cru cinq minutes.

Bonne nouvelle pour ton softball. Incroyable, même. À la façon dont tu en parlais, j'aurais dit que c'était plutôt l'Armée de Grand-mère que de Maman. Et ce n'est pas grave pour ce que tu as écrit dans ta lettre, je ne serai pas blessée. J'espère qu'elle arrivera demain.

Manna, tu as l'air tellement relax. Une voix

riante, heureuse, nerveuse au début, mais après rauque et gentille. Une voix comme personne ici. Elles finissent toutes par se ressembler au bout d'un moment.

Bon, je dois arrêter là, parce que l'infirmière qui va poster cette lettre part dans une minute. À la prochaine !

Des tonnes d'amour,
Œil Sec

19 décembre

Chère Trace,

Quelle aventure. J'étais affreusement nerveuse, mais une fois qu'on s'est décoincées c'était génial. Ton silence quand j'ai dit qui j'étais – j'ai cru qu'il durerait toujours. Et quand tu as dit « Mandy ? », tu avais l'air d'une petite vieille de quatre-vingt-dix ans. Puis à la fin je ne pouvais plus en placer une. Je suis contente, n'empêche, parce que Miss Gruber m'a dit que tu n'avais pas dit grand-chose depuis des semaines. Je ne m'étais pas rendu compte que tu étais déphasée à ce point. Tu aurais dû me le dire.

Ne fais pas attention à ce que j'ai écrit dans ma dernière lettre comme quoi tu étais égoïste – un petit mouvement d'humeur.

Franchement, je ne croyais pas que Miss Gruber se bougerait quand elle a pris mon numéro. J'ai failli tomber raide quand elle a appelé cet après-midi. Mais ce qui me faisait peur c'était qu'on soit incapable de se parler – qu'il y ait d'abord ce long silence pénible puis qu'on se mette à discuter de la pluie et du beau temps. L'entreprise était sacrément risquée, ça pouvait tout détruire. D'un autre côté, une fois qu'elle me l'avait proposé, je devais accepter.

Alors, comment t'ai-je paru ? J'ai la voix sexy ? Toi, tu étais complètement différente de ce à quoi je m'attendais. Je pensais que tu aurais la voix dure, brutale. Or tu as l'air si mignonne. C'est sûrement une insulte au Bloc A. Tu m'as fait penser à la bonne élève du catéchisme qui vient encore de donner une bonne réponse. Ça me rend encore plus curieuse de voir à quoi tu ressembles physiquement.

Tu sais, nous approchons de notre premier anniversaire. Dingue, non ?

Dépêche-toi de quitter l'infirmerie. Et dans la foulée, si tu faisais quelques efforts pour te faire transférer dans un bloc moins dur ? Est-ce possible ? À mon avis, tu devrais essayer.

Amour toujours,

M.

20 décembre

Chère Manna,

La lettre dont tu m'avais avertie est arrivée aujourd'hui. Ce n'était pas si pire mais merci pour la mise en garde. Je mérite tout ce que tu dis. Bien sûr que cet endroit rend égoïste – tu dois l'être ou tu meurs. Ne se fier à personne, obtenir tout ce qu'on peut pour améliorer son sort – voilà comment ça marche. Au bout d'un moment tu penses tellement à toi – comment avoir plus de bouffe, plus de cigarettes, des douches plus longues ; comment faire pour que les gens te fichent la paix ; comment obtenir les meilleurs jobs. Et puis tu as la nausée d'entendre tout le monde geindre et te raconter les mêmes histoires encore et encore, alors tu penses encore plus à toi-même.

Je suppose qu'ils encouragent ça d'une certaine façon, avec les psys et tout. Mais ça a des côtés positifs. J'ai appris quelques trucs sur moi.

Pour Steve... J'ai déjà essayé de te faire comprendre mais je te dois sans doute une explication plus claire. Tu vois, Manna, je sais qu'il existe des familles chouettes dehors. J'en ai entendu parler et j'en ai vu, de loin. Elles me fascinent. Une des choses que j'espérais quand j'ai passé l'annonce, c'était de me rapprocher d'une de ces familles, d'y entrer un peu. Pas que ce soit mon obsession – j'avais oublié l'annonce cinq minutes après l'avoir envoyée. Je n'ai jamais payé non plus – je ne pouvais pas. Pendant des mois ils m'ont envoyé des lettres de menaces. Je me demande ce qu'ils ont l'intention de faire. M'arrêter?

Pour en revenir à ce que je disais, quand tu as commencé à faire des allusions à ton frère, j'étais intriguée, évidemment. Alors je t'ai harcelée pour que tu me dises. Quand tu l'as fait, j'en ai été malade. Le même vieux machin revenait – la violence. J'avais l'impression d'être née dedans, d'y avoir grandi, de l'avoir respirée, mangée. J'avais besoin de penser qu'il existait des familles où ça ne se produisait pas; pas besoin d'une énième pareille que les autres. Maintenant je suis sur le point d'aller plus loin que j'en avais l'intention; plus loin que je devrais. Je le sens. Si tu as toute ta tête, Manna, ne continue pas à lire. Non, je ne vais pas te raconter ma vie – je ne crois pas que je le ferai un jour. Mais je vais t'en dire un ou deux chapitres. Et je te le répète, sois assez sage pour arrêter de lire.

D'accord, si tu lis encore, tu l'as voulu. Je sais aujourd'hui que mon père était ce qu'on appelle violent. Je ne m'en suis rendu compte que récemment. On n'avait jamais pensé à lui de cette façon; on n'avait pas de noms pour ça. Quelquefois il se mettait en colère et il nous battait, on avait peur et on essayait de se tenir loin, et on marchait sans bruit et on parlait doucement. On restait dans nos chambres. Tu comprends ce que je veux dire ? Comme avec un alcoolique, ses gosses ne pensent pas au mot, simplement ils détestent quand leur mère ou leur père est saoul. Tu n'y penses pas comme à un état ni une maladie ni rien. On n'était que des petits.

Il frappait Maman, on détestait, on pleurait et on essayait de la défendre. Comme on voit au cinéma. J'ai dû sortir au milieu de films comme *Abbie* et *Cry Baby Cry*.

Au passage, autre chose que je ne t'ai jamais dit. On n'était que deux gamins. Mon frère Simon, trois ans de plus que moi, et moi. Notre seule famille se résumait à Mamie, la mère de Maman, plus une tante et un oncle en Écosse dont je ne sais pas grand-chose. Je ne me rappelle pas le père de Maman. Les parents de mon père étaient morts quand il était petit, il avait été élevé par un oncle.

Toujours est-il qu'un jour, j'avais huit ans, Mamie m'a annoncé tout à trac que j'allais vivre avec elle pendant un moment. J'étais plutôt contente mais un peu déboussolée. Je me souviens lui avoir demandé si Simon venait aussi, et elle a répondu non, ce que j'ai trouvé bizarre.

Mamie était vieille déjà, alors ça n'a pas été aussi drôle d'habiter avec elle que j'avais cru. Au bout d'un moment – peut-être deux mois, je ne me rappelle pas – j'ai demandé si je pouvais retourner à la maison. Là elle m'a dit que ma maman était morte et que mon papa était parti. Et quand j'ai dit: «Et Simon?», elle m'a dit que d'autres gens s'occupaient de lui.

Je n'ai pas percuté pendant un temps, mais quand j'ai compris, j'ai commencé à devenir un peu drôle, je crois. Je ne me souviens pas très clairement mais je sais que je faisais des trucs idiots, genre dormir sous le lit et chier dans les placards à l'école. Je passais mon temps à m'attirer des pépins, et c'en était une bien bonne parce que jusque-là j'étais une de ces bonnes élèves sans histoire. Jamais dépassé la ligne du dessin quand je faisais un coloriage.

Je suis devenue de pire en pire. J'ai fini avec une réputation de salope locale, de tête brûlée, pas fréquentable, je m'en fichais. Ce qu'il y avait de bien c'est que Mamie n'était pas très au courant. Elle s'était pas mal affaiblie et ne pouvait pas faire grand-chose toute seule. Puis je continuais à avoir des notes assez bonnes, sans travailler du tout.

Un jour je suis rentrée très tard à la maison et elle n'était pas là. J'ai eu une de ces frousses. Alors la voisine est venue me dire qu'elle s'était fait renverser par un garçon à vélo, qu'elle avait la hanche cassée et qu'elle était à l'hôpital. La bonne femme n'a pas pris de gants pour me dire tout ça – elle pensait que j'étais tellement irrécupérable que je ne méritais pas de considération. Sûrement qu'elle avait raison.

Elle devait trouver que je rentrais drôlement tard. Tout est là: si j'étais rentrée à l'heure, c'est moi qui serais allée faire les courses au lieu de Mamie et l'accident n'aurait pas eu lieu. Le môme qui aurait essayé de m'écraser, il aurait retrouvé ses couilles à mon cou, attachées à sa chaîne de vélo.

Ensuite tout s'est passé à peu près comme dans le texte que je t'ai envoyé. Quand elle est sortie de l'opération, Mamie était partie ailleurs, et au bout d'un moment elle est morte. Là je me suis dit que je devais me tirer vite de la ville, ou bien les services sociaux viendraient me chercher. J'avais nettoyé toute la maison pendant que Mamie était malade, alors c'était facile de rassembler ce que je voulais emporter. J'ai téléphoné à Raz, puis j'ai pris des fringues, de l'argent, de la bouffe et quelques autres affaires, que j'ai mis dans deux sacs.

Puis je suis allée cherché des papiers au fond de l'armoire de Mamie, que j'avais vus en faisant le ménage. C'étaient des enveloppes, bien fermées avec du Scotch. Les seuls papiers de la maison. J'avais espéré que ce serait de l'argent. Je n'y avais pas touché tant que Mamie était en vie, mais maintenant qu'elle était morte je me disais que c'était sans problème. Donc j'ai ouvert les enveloppes.

Elles contenaient seulement des coupures de journaux, j'étais déçue. Mais je les ai quand même regardées en vitesse. Et j'ai vu une photo de mon père. Je l'ai reconnu tout de suite, même si ça faisait longtemps. Le titre disait: «Éloge de la police dans un procès pour meurtre.» J'ai d'abord pensé que mon père avait été policier, ce qui me surprenait beaucoup. Après j'ai commencé à lire l'article et découvert que c'était mon père qui avait commis le meurtre. J'ai lu plus loin, appris qu'il avait écopé de dix-huit ans. J'ai lu jusqu'à la fin et compris que c'était ma mère qu'il avait assassinée.

Un peu plus tard Raz est arrivé en camionnette et on est partis pour le Nord.

Je ne sais toujours pas où est Simon. Non plus où est mon père – probablement encore en taule. Même si une peine de dix-huit ans ne fait jamais dix-huit ans.

Où qu'il soit en tout cas, il doit être fier de moi: j'ai suivi ses traces. On dirait que certaines choses se répètent dans les familles.

Tout ce que je peux dire, Manna, c'est que j'espère que tu as cessé de lire à la première page, comme je te le demandais.

À plus tard,
Tracey

21 décembre

Chère Manna,

Juste pour te dire que le paquet est arrivé. Tu es vraiment une tête de nœud, mais merci beaucoup. Je leur ai demandé de ne pas me le donner avant le jour de Noël : s'il contient quelque chose d'interdit, ça a plus de chance de passer le jour de Noël. Bonne période pour négocier.

Ce sera mon deuxième Noël ici. L'année dernière ce n'était pas trop gai : une fille s'est butée le matin de Noël. Elle a fait ça avec un fil électrique qu'elle avait piqué dans le réfectoire.

Personne ne s'emballe beaucoup pour Noël ici, même si beaucoup ont des visites. La bouffe est bonne quand même.

Le temps passe lentement en ce moment. On n'aime pas beaucoup la classe quand on y est mais ça laisse un vide quand c'est fini. On a inventé un nouveau jeu, qu'on appelle le jeu des Points. On a quelques boulettes de Plasticine*, chacune avec une punaise enfoncée dedans, tu suis ? (Inutile de préciser que la Plasticine comme les punaises sont interdites.) Il s'agit, quand on en a une, de trouver une bonne cible – une autre crasse. Dès que tu la vois, tu lui lances aussi fort que tu peux, elle se colle sur elle. Si la fille pousse un cri ou fait le moindre son quand elle est touchée, elle perd un point. Si elle reste silencieuse, elle obtient un point.

Certaines ont déjà moins cinq. Œil Sec a plus trois et va continuer sur sa lancée.

* Genre de pâte à modeler qui sert à coller, par exemple, une photo ou une affiche sur un mur ou dans une vitrine.

Bon, ça aide à passer le temps.

Je lis un livre en ce moment, ça s'appelle *A Place Like Home**, écrit par une femme qui a grandi dans un orphelinat à Sydney dans les années 20, avec ses sœurs. Je te jure, ça te brise le cœur. Par quoi ces mômes sont passées. La façon dont elles étaient traitées, tu ne croirais pas qu'on puisse s'en tirer. Quand elles sont parties en vacances, juste une fois dans leurs vies d'enfant, c'était comme si on leur donnait la lune.

C'est une histoire vraie, et tu adorerais, Manna. Essaie de trouver le bouquin.

J'espère que cette lettre t'arrivera pour Noël. Si oui, je te souhaite de passer un très bon moment, d'accord ? Plonge dans le grog, mets-t'en plein la lampe, fais cavaler Adam, et pense à moi

Joyeux Noël.

Affectueusement,

Tracey

21 décembre

Chère Trace,

J'ai eu ta lettre il y a quelques minutes – c'est marrant comme elle ressemble à la mienne. Je suis heureuse que tu aies aimé parler – je te l'ai dit, on courait un risque énorme. Mais je souris

* Laura Todd. D'après « Électre », n'a pas été traduit en français.

encore quand j'y pense. Et merci de ce que tu dis sur ma voix.

Je crois t'avoir donné presque toutes les nouvelles au téléphone. On va faire une fête pour Rebecca le soir du réveillon du nouvel an, un adieu. Ce sera chez Angelo Bouras – il a été avec Rebecca pendant un bon moment. D'ailleurs il va être dans un état lamentable quand elle sera partie.

Cheryl, Mai Huynh et moi sommes allées faire les boutiques de second choix hier. Je me suis dégoté un ensemble super dans un magasin appelé La Bataille des Sexes : on y trouve pas mal de trucs bien mais ça reste cher. Entre m'acheter ça plus tous les cadeaux de Noël, je me suis mise à sec – j'espère que je recevrai un peu d'argent pour Noël. Et j'espère toujours avoir un boulot au tri postal en janvier, mais Katrina dit qu'ils ne confirment que deux jours avant que tu commences. Papa est de garde le soir du jour de Noël, alors on a prévu d'aller à la messe de minuit le 24 et on fera le repas tôt le lendemain, vers 11 h 30 ou midi. Ce ne sera qu'un demi-jour de Noël en réalité. Mais ça devrait être amusant. Toute la famille vient le 26, y compris les charmants Tonton Kevin, Tatie Sophie et Justin-le-dentiste. J'espere qu'Adam viendra aussi, faire la connaissance de sa belle-famille, ha, ha ! Ou s'il ne peut pas venir, j'essaierai d'aller chez lui, quoique mes parents soient très à cheval sur les réunions de famille. Si j'ose faire ça, je ne serai sans doute jamais autorisée à revenir à la maison.

Je blague.

Il faut que je te dise aussi que Steve est devenu tellement bizarre que même Maman et Papa se retrouvent au pied du mur, bien obligés de regarder les choses en face. Ils envisagent de lui faire consulter un psy mais personne ne lui en a encore parlé. Il passe la majeure partie de son temps dans sa chambre à lire des revues sur les armes, et quand il s'adresse à quelqu'un ce n'est que dans un marmonnement, ou bien pour lâcher un commentaire atterrant sur un nouvel obusier canadien qui éventre les bébés. Il avait son copain Tim mais quand je lui ai demandé ce qu'il devenait l'autre jour, il s'est mis en rogne et m'a dit de fermer ma putain de gueule, et que j'avais parlé de lui à Tim, et que c'était la faute de Tim s'il allait rater sa terminale. C'était étrange. Je crois qu'il court droit à la catastrophe. Ce qui me fait vraiment peur, c'est qu'il a le 22 et un fusil de chasse que Grand-père lui a laissés. Il s'en sert pour tirer les lapins, quoiqu'il ne l'ait pas fait depuis un moment. Mais il passe un temps fou à démonter ses armes et à les nettoyer.

Je voudrais que Maman et Papa les lui enlèvent. En plus, je crois que c'est illégal – est-ce qu'il ne faut pas avoir un permis?

En tout cas, je n'aimerais pas me trouver dans un McDonald's s'il s'y pointe un jour.

Ce sera la dernière lettre de moi que tu recevras avant Noël. Si elle t'arrive à temps, du moins. Normalement oui – d'après Katrina, ils font des distributions de courrier supplémentaires avant Noël, et deux la veille de Noël. Trace, je sais que Garrett un jour de Noël n'est pas le lieu le plus joyeux de la planète mais j'espère que tu passeras une bonne journée quand même. J'espère que mon colis sera arrivé lui aussi. Plein et plein d'amour et de bises, pour un beau Noël et un nouvel an encore mieux.

Ton amie,
Manna

P.S. : Maman vient de rentrer et me dit de te souhaiter un joyeux Noël. C'est elle qui a payé l'envoi du paquet – elle y a glissé un peu de chocolat.

25 décembre

Chère Manna,

Je ne suis pas très forte pour remercier les gens mais c'est peut-être une des choses que je dois apprendre. Alors voilà. Merci pour tes cadeaux – je peux tous les garder. Le stylo est fantastique – il écrit tellement bien. Il faudra que je le défende avec ma vie ici – je le jure. Le savon sent si bon que je ne veux pas l'utiliser – je vais le garder pour son odeur. Et ils m'ont permis de garder le chocolat – je te l'avais dit, c'est le meilleur jour pour les petits trafics sordides. S'il te plaît, dis merci à ta maman de ma part. Et aussi, merci pour ta lettre de Noël, qui est arrivée hier. Enfin, merci d'avoir été une amie si présente toute l'année. Je ne savais pas ce que je recevais quand ta première lettre est arrivée, mais ç'a été drôlement important.

Pour te dire la vérité, je déteste me sentir une dette envers quelqu'un. Je hais ça. Mais s'il faut que je doive un retour d'ascenseur, je préfère que ce soit à toi. Un jour peut-être j'aurai l'occasion de te revaloir ça – j'espère.

Une mauvaise nouvelle: Miss Gruber a été mutée, à Abbotsville je crois. Elle est venue dire au revoir samedi. Elle était plutôt en colère qu'ils ne l'aient pas prévenue, mais apparemment c'est comme ça que ça marche ici.

Donc Noël touche à sa fin à Garrett. Comme je vous le dis, messieurs-dames, ce furent encore de belles festivités, pleines de bienveillance et de gaieté. Oh, ce n'était pas si mal. La bouffe était bonne, il y en avait plein. J'ai mangé toute la journée. On a eu droit de regarder la télé autant qu'on voulait, même s'il n'y avait rien de bien. Il ne s'est rien passé, à part quelques blagues idiotes et des jeux. Il y a eu une jolie bagarre entre deux filles: Kylie Patrick et une autre qui se fait appeler Turk. Je ne connais pas son vrai nom. Les matonnes les ont séparées avant une quelconque issue. Turk avait déchiré une photo de Kylie ou un truc dans le genre.

Sophie s'est mise à entonner des chants de Noël dans sa cellule. C'est joli. Elle ne chantait plus beaucoup depuis que sa peine a été prolongée.

Tiens, je t'en raconte une bonne que m'a racontée une fille, Kyla. Hier elle va à l'infirmerie pour une crève avec bronchite et tout. Alors l'infirmière met du Vicks dans un bol d'eau chaude, une serviette sur la tête de Kyla et lui fait inhaler la vapeur. Au bout d'une minute ou deux, Kyla dégueule, direct dans le bol. L'infirmière est furax mais elle change le bol, remet du Vicks, la serviette sur la tête. Deux minutes plus tard, Kyla re-dégueule. Cette fois, l'infirmière l'a obligée à garder la serviette sur la tête et à respirer le mélange de Vicks et de vomi. Ragoûtant, hein? Elle s'est tout de suite sentie mieux.

Anita vient de brailler pour demander si quelqu'un connaît le code postal de Breton.

Continue à chanter, Soph.

À bientôt, Manna. J'espère que tu as passé un bon Noël. Mais avec ce que tu dis sur Steve, je m'inquiète. On dirait qu'il pète vraiment les plombs. J'espère que tu auras ce job à la poste – au moins, ça t'éloignera de lui.

Tout plein d'amour,

Trace

26 décembre, 3h du matin

Cette lettre n'est pas encore finie, Manna. Je viens de me réveiller sur le pire des rêves: des lames de couteau, des balles, du sang, et des silhouettes dans le noir. Puis je me suis aperçue que j'avais mes règles – événement rare ici. Tout le monde reste sec. C'est peut-être pour ça que j'ai fait ce rêve. Mais je ne vais pas me rendormir – je ne veux pas revivre ça. C'était affreux, un bain de sang, atroce.

Pardonne l'écriture mais j'écris à la lueur des lumières de sécurité dehors, et un petit coup de main de la lune. Donc ce n'est pas facile.

Tu sais, Manna, je vais essayer de changer. Merde, j'ai déjà beaucoup changé, je crois. Mais je vais me sortir du quartier haute sécurité. Quand je quitterai Macquarie tu seras fière de me connaître. Je serai la première femme pape. Blague à part, j'en fais mon but à partir de maintenant. Le Bloc A c'est pour les nases, les losers. Mais il faudra que tu m'aides, d'accord?

Signale-moi chaque fois que je deviens encore plus tête de nœud que d'habitude. J'ai passé tellement longtemps dans la rue, je trouve normal de cracher dans le caniveau. J'ai oublié comment on doit agir. Mais je vais y arriver Manna, parole.

Bonne nuit bis,

T.

31 décembre

Chère Manna,

Soir du nouvel an: nouveau suspense dans les quartiers chauds de Garrett. L'heure est de nouveau à la fête, toutes lumières éteintes à neuf heures et demie. Je n'en peux plus tellement je m'éclate.

Tu as dit qu'il y avait une fête pour Rebecca ce soir. J'espère que ça se passe bien. C'est marrant comme on peut se bagarrer avec les gens, les haïr à mort par moments, mais ils deviennent comme une habitude, et qu'est-ce qu'ils nous manquent quand ils s'en vont. Les gens s'en vont toujours ici.

La dernière fois que je suis allée à un réveillon de nouvel an, c'était à Buckley's Beach, il y a deux ans. Tu aurais vu les dégâts. Les gens qui buvaient, se battaient, dégueulaient partout. Sur la plage, tu t'enfonçais dans les capotes jusqu'aux chevilles. Les flics passaient régulièrement mais ils n'ont rien tenté avant deux heures du matin, quand tout le monde était trop nase pour leur faire la nique, alors ils ont fait ce qu'ils voulaient. Ils ont répandu pas mal de sang – ils se sont payé un joyeux réveillon. Raz et moi on a eu du nez pour une fois et on s'est éclipsés dans la nuit. Pas née de la dernière pluie, la Tracey.

On a des tas d'ateliers en ce moment. Je crois

parce qu'ils ont les foies qu'on se barbe trop et qu'on foute la baraque en l'air. On peut donc faire du théâtre ou de la danse ou de la méditation, ce genre de trucs. Moi je fais écriture. On n'est que trois, alors un peu obligées de participer – il y aurait un malaise sinon. La dame qui anime ne dit pas grand-chose mais elle est sympa. Elle a publié trois livres mais je n'ai jamais entendu parler d'elle. Mary Lim, c'est son nom. Tu la connais ? Je lui ai dit que j'avais remporté le prix pour mon texte et elle a trouvé ça super.

On fait des exercices du genre décrire l'odeur d'un carré de chocolat, sa sensation au toucher, son aspect et son goût. J'aime bien – d'ailleurs je pourrais continuer sans m'arrêter. On en a fait un autre où il fallait tout exagérer dans un récit. C'est assez chouette. Et elle semble bien aimer ce que j'écris. Mais le dernier jour d'atelier tombe jeudi, saleté. Je vais aller voir s'il y a un de ses bouquins à la bibli.

Bon, je dois y aller. Tu me dois plusieurs lettres déjà – tu te relâches. Sans doute qu'il y a des embouteillages de courrier autour de Noël et du nouvel an. Dis à Katrina de trier plus vite.

Oh oui, j'allais oublier : bonne année !

Affectueusement,

Trace

8 janvier

Chère Manna,

Et alors Manna ? Où sont passées toutes tes lettres ? Plus de nouvelles de toi depuis la veille de Noël. Remue-toi un peu les fesses. J'espère que tu n'es pas malade.

Tout commence à devenir gonflant ici. Les ateliers ont fini la semaine dernière et autant que je sache rien d'autre ne se prépare. Les matonnes sont sur les dents. L'appel valait le détour ce matin – c'est Mrs Neumann qui le faisait. Quand elle est arrivée à Jenelle Hawthorne, Jenelle a juste répondu « ouais » au lieu de dire « présente ». Et Mrs Neumann, illico : « Fort bien. Vous serez inculpée de tentative d'évasion. » « Hein ? » a fait Jenelle. « Exactement, a dit Mrs Neumann qui écumait. Vous n'avez pas répondu correctement à l'appel de votre nom, donc vous n'êtes pas là. Et si vous êtes absente, soit vous êtes à l'infirmerie, soit vous tentez une évasion. » Incroyable, non ? Mais je ne pense pas qu'elle fera inculper Jenelle – elle ne s'en tirerait pas.

Le basket me manque. Je ne sais pas si je te l'ai dit mais on a été virées pour jeu trop violent, grossièretés et tout le reste. Je ne sais pas ce qu'ils attendaient. À mon avis ça ne leur a pas plu qu'on gagne tant de matches.

Je suis assise dans la cour pour t'écrire. La journée est belle. On peut jouer au netball ici – il y a des paniers aux deux bouts de la cour et quelques lignes tracées par terre. Je vais y aller dans une seconde. Pas grand-chose d'autre à faire.

En espérant une lettre de toi demain.

À bientôt. Bises,

Trace

14 janvier

Chère Manna, trois semaines sans aucune lettre de toi. Je commence à m'inquiéter. Je crois que j'ai un peu la trouille que ce que je t'ai dit sur mon père ait pu, peut-être, t'éloigner. Mais tu savais que je n'étais pas un ange. Puis de toute façon, tu n'es pas le genre de personne à te laisser démonter si facilement.

J'ai d'autres angoisses aussi. Je continue à faire des rêves terribles, horribles, plein de gens qui s'étripent. Je me réveille en nage, essoufflée, et j'ai une peur bleue de me rendormir. Résultat, je ne dors pas beaucoup.

Ce que je suis en train de te dire, je crois, c'est sans doute que ces rêves me causent du souci pour toi, avec ton frère qui devient tellement glauque.

Bon, ce n'est sans doute rien – tu as dû attraper la crève ou partir en vacances. Et j'aurai certainement une lettre demain.

Une troupe de théâtre est venue aujourd'hui,

jouer *Le Journal d'Anne Frank*. C'était bien. Je vais lire le livre.

Grande hâte d'avoir de tes nouvelles, demain j'espère. Toute mon affection,

Tracey

18 janvier

Chère Manna,

Fin de la semaine et toujours rien. Je dois attendre lundi maintenant.

C'est drôle, tu te rappelles quand j'ai arrêté de t'écrire quand tu ne me lâchais plus parce que tu avais découvert que je n'étais pas au lycée de Prescott? Tu m'écrivais presque tous les jours, en me provoquant pour que je réponde. Aujourd'hui c'est l'inverse. Il faut peut-être que je me mette à t'écrire tous les jours. Je t'enverrai des cartes postales que tout le monde pourra lire. Tu te souviens? Ils mettent le courrier sur une table ici et si tu as le malheur de sortir cinq minutes en retard d'un cours, tout l'établissement lit tes cartes postales.

Il y en a qui sont en train de jouer au badminton. Ce n'est pas trop mal comme jeu mais je ne suis pas d'humeur. Je reste assise dans un coin et je regarde.

Passe un bon week-end Manna.

Amitiés,
Tracey

21 janvier

Chère Manna,

Le courrier vient d'être distribué et là tout de suite je me sens très mal.

Manna, la deuxième chose pire au monde ce serait si tu décidais de ne plus m'écrire. Mais le pire-pire serait qu'il te soit arrivé quelque chose. Je ne sais pas si je supporterais que tu ne veuilles plus m'écrire, mais je sais que je ne supporterais pas que tu aies eu un accident ou autre chose. Le plus important c'est que tu ailles bien. Plus important que si tu me haïssais ou me méprisais. Voilà ce que je veux te dire : si tu vas bien et que tu es en bonne santé, mais que tu ne veux plus m'écrire, au moins envoie-moi une phrase pour le dire. Là, je serai sans doute obligée d'arrêter de t'embêter.

Le plus pénible c'est de ne pas savoir. En étant ici, je suis complètement coupée du monde. Pas moyen de me renseigner pour savoir si tu vas bien. C'est ça qui me rend dingue.

Dieu, s'il te plaît, si tu existes, fais qu'il y ait une lettre demain. S'il y en a une, je deviendrai la meilleure foutue guidouille de cette boîte. Écris, je t'en prie, Manna.

J't'aime,
Trace

22 janvier

Rien. Qu'est-ce que tu me fais Manna ? Pourquoi il a fallu que tu m'écrives au début ? Pourquoi tu ne m'as pas fichu la paix, comme je te demandais ? Tu es vraiment en train de me foutre en l'air, alors que je commençais juste à aller quelque part. J'ai si peur Manna. Où es-tu ?

23 janvier

Chère Manna,

Je sais maintenant que quelque chose cloche. Six lettres me sont revenues aujourd'hui, toutes marquées « retour à l'envoyeur ». Et ce n'était pas ton écriture. Elles remontent jusqu'à avant Noël. Donc tout ce temps j'ai écrit dans le vide, je n'ai écrit qu'à moi-même.

Je ne peux rien faire Manna. Je crois que je n'aurai jamais plus de tes nouvelles. J'espère que ça va, mais au fond je pense que non. Dieu te bénisse Manna – je t'aime toujours.

Ton amie,
Trace

11 février

Chère Mandy,

J'ai voulu t'écrire une dernière fois. Ça fait un an que tu as répondu à mon annonce, un dimanche pluvieux où tu t'ennuyais. J'ai encore toutes les lettres que tu m'as écrites, même si on ne doit pas les garder, mais j'ai arrêté de les relire.

Mes quatre dernières lettres sont revenues aussi, comme celle-ci reviendra si je prends la peine de l'envoyer.

Manna, pardon, mais je ne m'en sors pas très bien. J'espère que je ne te déçois pas. Je suis à l'infirmerie depuis un bout de temps maintenant, peut-être deux ou trois semaines. Je ne fais pas grand-chose, je ne dis pas grand-chose. J'aime me cacher sous mon lit, juste à regarder les choses. Mais ils sont gentils avec moi ici.

Je continue quand même à faire les rêves.

Ils disent que je ne retournerai pas au Bloc A. J'ai la tremblote quand j'y pense. Je ne sais pas où ils vont m'envoyer. Où que ce soit, j'espère qu'on sera gentil avec moi là-bas. J'aimerais bien rester ici mais je crois que ce ne sera pas permis.

Tout ce que je veux c'est que les gens soient gentils avec moi.

Tchao, Manna. Rappelle-toi, continue seulement d'avancer jusqu'à ce que tout s'arrête, d'accord ?

J't'aime tant,
Tracey